Für meine Kinder Lara-Sophie und Noah Joel

Ingolf Hirth

Pia

und die

Wunschballons

*Bibliografische Information der Deutschen National-
bibliothek:
Die Deutsche Nationalbibliothek verzeichnet diese
Publikation in der Deutschen Nationalbibliografie;
detaillierte bibliografische Daten sind im Internet
über http://dnb.dnb.de abrufbar.*

*Illustration: **www.pixabay.com***

*Herstellung und Verlag:
BoD – Books on Demand, Norderstedt*

ISBN: 9783735722249

1

Innerhalb weniger Stunden hatte sich eine dicke Schneedecke über den matschigen, mit Laub bedeckten Boden gelegt. Noch immer rieselten die Flocken herab und versetzten die im Park spielenden Kinder in Euphorie. Die meisten von ihnen stapften einen Hügel hoch, um kurz darauf mit dem Schlitten jubelnd herunterzufahren.

Eine Gruppe kleinerer Kinder rollte unter Anleitung eines grauhaarigen Mannes Schneekugeln in verschiedenen Größen. Sie versuchten, drei davon übereinander zu stapeln. Einen Schneemann hatten sie bereits fertig aufgebaut und ihm mit Zweigen, Tannenzapfen und Kieselsteinen Arme und ein Gesicht gegeben. Zwei Jungen jagten zwischen den Kindern hindurch und suchten dabei immer wieder Schutz vor den gegenseitig zugeworfenen Schneebällen.

Pia drückte ihr Gesicht gegen die Fensterscheibe und drehte den Kopf dabei leicht zur Seite, um die drei Mädchen besser sehen zu können, die sich abseits des Trubels in den noch glatten, unberührten Schnee gelegt hatten. Abwechselnd ruderten sie mit Armen und Beinen auf und ab und hin und her. Die entstandenen Mulden bildeten Flügel und Gewand der Schneeengel.

Kalte Luft schlug Pia entgegen und ließ ihren Atem zu kleinen Nebelwolken gefrieren, als sie das

Fenster öffnete. Nun konnte sie das Lachen der Kinder auch hören.

Sie beugte sich vor und streckte die Zunge heraus. Einzelne Schneeflocken wurden vom Wind auf ihre Zunge getragen. Für einen ganz kurzen Moment wurde es dort dann kalt, dann löste sich der Kristall auf, und ein Wassertröpfchen lief kitzelnd über ihre Zunge.

Unter das entfernte Rufen und Lachen der im Schneegestöber spielenden Kinder mischte sich ein anderes, viel näheres Lachen und riss Pia aus ihrer Träumerei.

Dazu ertönte ein quietschendes Geräusch und brachte die Kinder auf dem Krankenhausflur kurz zum Schweigen. Dann gab es einen lauten Knall und die Kinder begannen wieder zu lachen. «Einen Bären! Ich möchte einen Bären!»

Pia erkannte Lars' Stimme.

«Nein, eine Blume! Mach lieber eine Blume!»

Desiree war fast genauso lange auf Station 33 der Kinderklinik wie Pia. Aber sie war immer gut gelaunt und stand oft im Mittelpunkt. Pia hingegen war gerne für sich alleine, auch wenn sie sich manchmal doch eine Freundin wünschte, mit der sie spielen oder sich gegenseitig ihre Geheimnisse anvertrauen konnte.

Pia erkannte noch die Stimmen von Nils, Sven, Claudia und Antje, die auch alle fordernd verschiedene Tiernamen riefen. Neugierig geworden schloss sie das Fenster, drehte sich um und ging ebenfalls auf den Flur.

Ihr Zimmer war das letzte in einem langen Gang, vom dem zu beiden Seiten in regelmäßigen Abständen Türen abgingen. Die meisten Türen waren mit bunten Bildern bemalt. Auf ihrem Weg durch den Flur kam sie an einem Affen, einem Hasen, einem Löwen, einem Krokodil, einem karierten Elefanten, einem Papagei, einem Hund, einer Katze, einer Maus und einem Pferd vorbei. Neben dem Schwesternstützpunkt, in dem die Schreibtische der Krankenschwestern standen, war die Spielecke von Station 33. Auf dem Boden verstreut lagen Legosteine und ein paar Bücher. Ein Zug zog auf Holzschienen seine Kreise vorbei an lustigen Plüschtierzuschauern. Im Fernseher, der immer erst nach vierzehn Uhr eingeschaltet werden durfte, lief eine Zeichentrickserie. Pia kannte Peter Pan mittlerweile fast auswendig. Manchmal, wenn ihre Eltern von Verantwortung sprachen oder keine Zeit für sie hatten, weil sie arbeiten mussten, konnte Pia nachvollziehen, warum Peter nicht erwachsen sein wollte. Dennoch kam er ihr erwachsener vor als jedes der Kinder, die gerade den Clown bedrängten.

Pia empfand Mitleid für den Clown. Es war sicherlich nicht leicht, in dem um ihn herum herrschenden Chaos den Überblick zu behalten, dachte sie.

«Alle näher kommen! Noch näher, noch näher!», sagte der Clown und sein Publikum gehorchte. Als sich das Knäuel eng um ihn geschlossen hatte, rief er: «Jetzt alle zwei Schritte nach hinten gehen und da bleiben!»

Natürlich hielten die Kinder den Abstand zu dem Clown nicht lange ein. Aber sie taten es zumindest lang genug, dass Pia ihn genauer betrachten konnte.

Er hatte ein weißes Gesicht und rote Wangen. Auf seiner Nasenspitze saß eine rote, runde Nase, die Lippen waren rot umrandet. Seine Schminke unterschied sich nicht von der anderer Clowns, die Pia bereits im Zirkus gesehen hatte. Aber seine Kleidung war anders.

Er trug keine kunterbunte, zu weite und von Hosenträgern gehaltene Hose, sondern einen Frack mit der dazu passenden schwarzen Hose. Seine Hände steckten in weißen Handschuhen und auf dem Kopf trug er einen Zylinder, unter dem rote Haarlocken heraustraten. Eine riesige, ebenfalls rote Fliege mit gelben Punkten hatte er um den Hals gebunden.

Als das Gelächter um ihn herum wieder anschwoll, hob er beide Hände in die Luft. Den linken Zeigefinger führte er an die gespitzten Lippen, die rechte Hand steckte er in die Hosentasche und zog sie mit einem langen gelben Gummischlauch wieder heraus. Während er den Ballon aufblies, blickte er Lars an.

«Wie wäre es mit einem Hund?»

Ohne eine Antwort abzuwarten, begann der Clown den Ballon zu verdrehen. Nach wenigen Sekunden war quietschend ein kleiner gelber Luftballonhund entstanden, den der Clown an Lars weiterreichte.

Pia schaute sich die Vorführung lieber aus einiger Entfernung an. Das Repertoire des Clowns war mit dem Formen von Luftballons noch nicht erschöpft. Er zauberte immer wieder Süßigkeiten scheinbar aus der Luft hervor und verteilte sie unter den Kindern. Die Wasserspritzblume in der Brusttasche seines Fracks sorgte ebenfalls für Gelächter. Schließlich setzte er sich mit den Kindern in einen Kreis und begleitete mit einer Ukulele gemeinsam gesungene Weihnachtslieder. Sogar Schwester Cornelia wippte von einem Bein auf das andere und trällerte dabei den Text von *Jingle Bells*.

Plötzlich fühlte sich Pia ertappt. Über die Kinder hinweg blickte der Clown sie an. Erst jetzt fiel ihr auf, dass er auf seiner linken Wange eine Träne aufgemalt hatte, die seinem lustigen Aussehen einen traurigen Ausdruck verlieh.

Pia drehte sich um und rannte weg, zurück in ihr Zimmer, ihr kleines eigenes Reich im Krankenhaus. Sie warf die Tür hinter sich ins Schloss. Kurz schaute sie sich um nach einem Ort, wo sie sich verstecken konnte. Sie wollte nicht lachen, sie wollte auch nicht weinen. Aber der Clown vereinte in seinem Gesicht beides. Und das machte ihr Angst.

Pia sprang in ihr Bett und zog die Bettdecke über sich. Glücklicherweise ertastete sie in der Dunkelheit Hoppel und drückte ihn fest an sich. Hoppel war ein blaues Stoffkaninchen, das sie seit ihrer Geburt begleitete. Das Besondere an ihm war ein kleiner Knopf in seinem rechten Ohr, an dem ein Schnuller befestigt werden konnte. Pia hatte zwar bereits mit zwei Jahren keinen Schnuller mehr gebraucht, aber Hoppel hatte sie bis jetzt nicht aufgeben.

Unter der Decke wurde es mit jedem ihrer Atemzüge etwas wärmer. Nun war sie sich selbst nicht mehr sicher, ob nicht sie die Kindischste unter allen war.

Mit einem Ruck warf sie die Decke von sich und setzte sich auf. «Lächerlich! Vor einem Clown muss man keine Angst haben. Ein Clown ist ein Clown. Der tut niemandem etwas, der will doch alle nur zum Lachen bringen.»

In diesem Moment klopfte es an der Tür.

Normalerweise tat das niemand. Die Krankenschwestern kamen immer ohne anzuklopfen herein, die Ärzte sowieso. Pias Mutter hielt es auch nie für notwendig, sich anzumelden, bevor sie eintrat. Pias Papa war der Einzige, der mit den Knöcheln der rechten Hand gegen die Tür schlug, bevor er mit aufgesetztem Lachen die Tür öffnete und hinter Geschenken versteckt «Hallo mein Liebes! Überraschung!» rief. Er kam aber immer nur am Wochenende, weil er während der Woche bis spät in den Abend hinein arbeitete und die Besuchszeit dann schon vorüber war.

Heute war Mittwoch. Es konnte also auch nicht ihr Vater sein, der nun langsam die Türklinke nach unten drückte.

Als die Tür ein Spaltbreit offen stand, schob sich seitlich erst der Zylinder hindurch, dann das weiß geschminkte Gesicht des Clowns. Traurig lachend streifte sein Blick durch das Zimmer und blieb dann an Pia haften. «Darf ich hereinkommen?»

Pia hätte am liebsten «Nein» geschrien und sich trotzig zur Seite gedreht. Aber der Clown hatte ihr nichts getan. Er wollte sie nur erheitern. Ihn deshalb wegzuschicken war nicht fair.

«Klar» sagte sie.

Der Clown machte drei Schritte vorwärts. Als er in der Mitte des Zimmers stand, blickte er sich um, schob einen Stuhl neben Pias Bett und setzte sich.

«Wie heißt du?», fragte er neugierig.

Pia hatte keine Lust, mit dem Clown zu reden. Sie sah aber auch keinen Grund, es nicht zu tun. «Pia. Und du?»

«Das hat mich heute noch niemand gefragt.» Der Clown kratzte sich am Kopf. «Dabei habe ich so viele Menschen heute zum allerersten Mal gesehen. Aber für meinen Namen hat sich niemand interessiert.»

Er stand auf, machte einen Schritt zurück und verneigte sich vor Pia. Den Zylinder setzte er dafür mit einer ausholenden Handbewegung ab. «Mein Name ist Pepe der Clown!»

«Das weiß ich.»

«Du weißt, dass ich Pepe bin?» Er schien irritiert.

«Ich sehe, dass du ein Clown bist.»

Pepe öffnete seinen Mund, um etwas zu erwidern. Nach einer kurzen Pause schloss er ihn und setzte sich wieder auf den Stuhl.

«Warum bist du vor mir weggelaufen?»

Pia wollte es Pepe nicht sagen. Ihre Gefühle gingen nur sie etwas an. Sie waren der letzte Rest Privatsphäre, der ihr in dem kleinen Krankenzimmer geblieben war.

Pepe bemerkte Pias Verschlossenheit und wartete deshalb nicht länger auf eine Antwort.

«Möchtest du nicht auch einen Luftballon? Ich kann tolle Luftballons machen.»

Pia schüttelte den Kopf. «Deine Ballons sind toll. Aber was soll ich damit? Aus dem Alter bin ich schon lange raus. Außerdem verliert jeder Ballon irgendwann die Luft, und aus dem bunten, prallen Luftballontier wird ein schlapper Gummilappen.»

Pepe blickte Pia erschrocken an. Wahrscheinlich hatte noch nie ein zwölfjähriges Mädchen so erwachsen mit ihm gesprochen. Aber sie musste nun mal erwachsen sein, um ihre Krankheit und, was sogar noch schlimmer war, deren Behandlung zu ertragen.

Kurz vor den Sommerferien hatte es angefangen. Pia fühlte sich ständig müde, selbst wenn sie zehn Stunden geschlafen hatte. Sie hatte von einem Tag auf den anderen keine Lust mehr, mit anderen Kindern zu spielen oder, was sie am liebsten mochte, auf dem Hof mit einem Pony auszureiten. Als dann das häufige Nasenbluten angefangen hatte, ging ihre Mama mit ihr zum Kinderarzt.

Das Wort Leukämie hatte Pia vorher noch nie gehört. Heute wusste sie, was es bedeutet.

Das war auch der Moment gewesen, an dem sie anfangen musste, erwachsen zu sein, um die ständigen Infusionen und die Übelkeit danach ertragen zu können.

Aber noch viel schlimmer war, dass ihre ganzen Freundinnen sie vergessen hatten.

Juliane hatte sie anfangs noch im Krankenhaus besucht. Aber später auch nicht mehr. Eine Karte von ihrer Schulklasse mit Genesungswünschen, auf der sogar ihr Klassenlehrer unterschrieben hatte, war die letzte Nachricht gewesen, die sie von der Welt dort draußen erhalten hatte.

«Vielleicht würde es dir gut tun, ein bisschen abgelenkt zu werden und an andere Dinge zu denken. Vielleicht kannst du dann wieder lachen, mit mir, mit deinen Eltern und mit den anderen Kindern?»

Pias Eltern hatten das Lachen mit dem Beginn von Pias Leukämie ebenso verlernt wie sie.

«Du meinst es wirklich gut, Pepe, aber ich glaube nicht, dass deine Ballons mich zum Lachen bringen.»

«Wenn du dir keinen Ballon wünschst, vielleicht etwas anderes?», bohrte Pepe hartnäckig nach und lehnte sich dabei näher zu Pia hin. Sein Kinn schob er ebenfalls einen Tick nach vorn und wartete so aufmerksam auf Pias Antwort.

«Das will ich dir nicht sagen.»

Kleine Kinder wünschen sich Unmögliches in der Naivität, dass es in Erfüllung gehen könnte. Aber Pia war kein kleines Kind. Sie war zwölf und fühlte sich bereits fast erwachsen. Oder zumindest wie sechzehn.

Enttäuscht drehte sich Pepe ab. Mit den Händen wischte er sich nicht vorhandene Tränen ab. Die aufgemalte Träne blieb unverändert an ihrem Platz. Dann riss er seinen Mund zu einem lautlosen Lachen auf. «Ich habe eine Idee! Du musst mir deine Wünsche nicht sagen. Aber du kannst doch schreiben. Oder?»

Pepe holte aus seiner Hosentasche drei Luftballons: einen roten, einen blauen und einen grünen.

«Ich will kein Ballontier.»

«Das sind auch keine normalen Ballons, aus denen man Tiere oder Blumen oder andere Figuren knotet.»

Pepe pumpte den roten Ballon mit einer Luftpumpe auf. Es war keine Pumpe, wie Pia eine an ihrem Fahrrad hatte, sondern man musste eine Gaspatrone einlegen und füllte den Ballon dann auf Knopfdruck. Ihr Vater hatte auch eine solche Pumpe, mit der er die Reifen ihrer Fahrräder aufpumpte.

Der aufgeblasene Ballon hatte nicht die längliche Form eines Modellierballons sondern war kugelrund.

«Das», flüsterte Pepe geheimnisvoll, «sind Wunschballons. Sie tragen deine Wünsche, wenn es sein muss, einmal um die ganze Welt. Bis sie jemanden finden, der dir den Wunsch erfüllt.»

Pepe verknotete den aufgeblasenen Ballon, indem er eine schwarze Schnur um das Mundstück legte und fest verknotete. Dann schob er den blauen Ballon über das Ventil der Pumpe und drückte auf den Knopf.

«Du glaubst mir nicht? Wie kannst du mir nicht glauben, wenn du es nicht zumindest einmal versuchst?»

Natürlich hielt Pia das alles für einen schlechten Versuch von Pepe, sie aufzuheitern. Sie wollte Pepe bereits auffordern, mit diesem Unsinn aufzuhören, als ihr beim Anblick des blauen Ballons Zweifel kamen. Das war zwar kindisch, und sie war ja kein Kind mehr, aber vielleicht waren es doch Wunschballons. Es musste ja nicht unbedingt funktionieren, aber daran glauben konnte sie.

Mittlerweile verknotete Pepe bereits den grünen Ballon und band alle drei nebeneinander an das Fußende von Pias Bett.

«Du musst deine Wünsche bloß auf drei Kärtchen schreiben, diese je an einen der Ballons binden und sie dann auf ihre Reise schicken. Es gibt dabei zwei Dinge zu beachten. Du darfst jeden Ballon nur mit einem einzigen Wunsch losschicken. Er wüsste sonst nicht, zu wem er fliegen soll, und würde ziellos vom Wind hin und her getrieben bis er sich in einer Stromleitung oder in einem Baum verfängt oder die Luft verliert und zu Boden sinkt. Du hast drei Wünsche. Keinen weniger und auch keinen mehr. Und denk daran, dass es einige Zeit dauern kann, bis ein Wunsch in Erfüllung geht. Vielleicht muss der Ballon bis nach Afrika oder bis zum Nordpol fliegen, weil nur dort jemand ist, der ihn dir erfüllen kann. Das wäre dann eine ziemlich lange Reise, aber das Warten lohnt sich auf jeden Fall.»

Pepe lächelte, dann ging er mit großen Schritten rückwärts Richtung Tür, wobei er sich stark nach vorne beugte, Pia aber nicht aus den Augen ließ. Er lächelte sie auch noch immer an, als er hinter seinem Rücken die Klinke ertastete und die Tür öffnete. Er hatte das Zimmer bereits halb verlassen, als Pia etwas einfiel.

«Was ist das Zweite? Du hast gesagt, es gibt zwei Dinge zu beachten. Das Erste ist: nur ein Wunsch pro Ballon. Was ist das Zweite?»

«Du hast gut aufgepasst.» Pepe schloss bereits die Tür und schielte Pia dabei schelmisch durch den immer kleiner werdenden Spalt an. «Das Zweite ist: Du musst immer fest daran glauben. Nur so können deine Wünsche in Erfüllung gehen.»

Dann schloss sich die Tür. Pia war alleine mit Hoppel und den Ballons.

«Was hältst du davon?», fragte sie ihren Plüschhasen. Er schaute sie einfach nur an. «Wunschballons, hast du schon jemals so einen Blödsinn gehört?»

Wieder ging die Tür auf. Diesmal wurde vorher nicht angeklopft. Schwester Cornelia kam herein, die von allen nur Conny genannt wurde.

Pia hatte keine große Schwester, aber so wie Conny stellte sie sich die perfekte große Schwester vor. Sie war immer freundlich und hilfsbereit. Sie nahm sich so viel Zeit wie möglich und redete auch mal über Belangloses oder die Zeichentrickfilme, die gerade im Fernsehen liefen. Sie schien alle zu kennen, obwohl sie für diese Filme eigentlich zu alt war. Ihre dunkelblonden Haare waren hinten und an den Seiten kurz geschnitten. Die längeren Deckhaare hatte sie zu einem Linksscheitel gekämmt, sie fielen in ihre Stirn.

Pia fand, dass diese Frisur sehr gut zu Connys großen Augen und ihrem ovalen Gesicht passte. Manchmal fragte sie sich, ob ihr eine solche Frisur ebenfalls stehen würde anstelle der schulterlangen Haare, die sie früher gerne offen getragen hatte, aber seit sie im Krankenhaus war meistens zu einem Pferdeschwanz zusammen band. Ihre Haare waren nicht mehr so dicht wie damals, bevor es mit den Infusionen anfing. Glücklicherweise waren ihr nur einige Haare ausgefallen.

Als sie Conny kennenlernte, hatte diese noch einen schmalen Goldring an ihrer rechten Hand getragen. Irgendwann war der Ring weg, und mittlerweile war auch die blasse Stelle verschwunden, die der Ring hinterlassen hatte. Pia hatte sie einmal darauf angesprochen, da ihr der Ring und vor allem der glitzernde Stein so gut gefallen hatten. Conny hatte nur gesagt, dass der Ring von einem Mistkerl gewesen sei, an den sie sich nicht mehr erinnern wolle.

«Abendessen», rief die Krankenschwester. «Du hast bestimmt schon einen Riesenhunger!»

Pia hatte keinen Hunger. Aber das verschwieg sie lieber. «Ein wenig.» Damit hatte sie Conny noch nicht einmal belogen. Ein bisschen konnte sie auch essen, ohne hungrig zu sein, und den Rest zurückgehen lassen.

Conny stellte das Tablett auf den Tisch und ging dann zu Pias Bett, um die Bettwäsche aufzuschütteln. «Was sind denn das für Ballons?»

«Wunschballons. Wenn man einen Wunsch auf eine Karte schreibt und mit den Ballons auf eine Reise schickt, geht der Wunsch in Erfüllung. Glaubst du an so etwas?»

Conny lächelte. «Die Frage ist doch nicht, ob ich daran glaube, sondern ob du es tust? Es sind deine

Ballons und deine Wünsche. Was hindert dich daran, es zu versuchen?»

Sie zog aus ihrer Tasche einen Kugelschreiber und ein paar Weihnachtskarten. «Die wollte ich an Freunde und meine Familie schicken. Ich habe aber zu viele gekauft, weil ich mich nicht entscheiden konnte, welche ich nehme. Also kann ich dir auch eine abgeben.»

«Drei. Ich brauche drei Karten. Für jeden Ballon eine.»

Conny lachte. «Ich kann dir auch drei abgeben.» Dann drückte sie Pia nacheinander jeweils eine Karte mit einem geschmückten Weihnachtsbaum, einem Stern und einem Engel in die Hände. «Du musst mir aber versprechen, dass du es wirklich machst.»

Nachdem Pia ihr Versprechen gegeben hatte, ging Conny wieder. «Die anderen wollen auch noch ihr Abendessen.»

Dann war Pia wieder alleine in dem Zimmer mit der runden Deckenlampe und den vielen auf Kopfhöhe eingebauten Steckdosen und Anschlüssen für medizinische Geräte.

«Wer wagt, gewinnt!»

Pia nahm den Kugelschreiber und wählte eine der Karten aus. Für ihren ersten Wunsch schien ihr die mit dem geschmückten Weihnachtsbaum am geeignetsten zu sein. Sie erinnerte sich an die vielen Weihnachtsabende, die sie zu Hause mit Mama, Papa und Max, ihrem kleinen Bruder, gefeiert hatte. Zuerst stellte Papa den Baum auf. Dann durften Max und sie den Baum mit bunten Glaskugeln schmücken. Mama verteilte die kleinen Lämpchen der Lichterkette, damit der Baum auch hübsch ausgeleuchtet war. Einige echte Kerzen setzte sie noch dazwischen, die aber nur an

Heiligabend brannten. Zum Schluss, und das war das Tollste für Pia, warfen sie Lametta über die grünen Zweige. Sie mochte es, wenn das Licht sich in den silbernen Fäden spiegelte. Wenn der Baum dann fertig geschmückt im Wohnzimmer stand, die Deckenlampe gelöscht und die Kerzen am Weihnachtsbaum alles in ein warmes Licht tauchten, strahlte sie mit ihrem Bruder um die Wette. Gemeinsam lachten sie und freuten sich auf den Höhepunkt des Abends: die vielen, in buntem Papier eingewickelten Geschenke.

Pia legte die Karte vor sich auf den Tisch und schrieb ihren ersten Wunsch auf die Rückseite: «Ich möchte wieder lachen.»

Mit der Spitze des Kugelschreibers drückte sie ein kleines Loch in eine Ecke der Karte. Dann knotete sie die Karte an den ersten Ballon der Dreierreihe.

Erneut schlug ihr ein kalter Lufthauch entgegen, als sie das Fenster öffnete. Sie atmete tief ein. Die Luft roch nach Plätzchen, Anis und Glühwein.

Bevor es ihr kalt wurde, streckte sie ihren Arm aus und lockerte ihren Griff um die Schnur.

Während der rote Ballon aufstieg, schaute sie ihm nach und flüsterte immer wieder: «Ich möchte wieder lachen.»

Als sie den Ballon nicht mehr sehen konnte, schloss sie das Fenster, legte sich in ihr Bett und schlief ein.

«Vielleicht», war Pias letzter Gedanke, «werde ich morgen schon lachen können.»

2

Nur mit Mühe konnte Pia ihre Augen öffnen. Es war noch zu früh, um aufzustehen. Hinter den Vorhängen war es dunkel, und unter der Tür drang nur künstliches Licht vom Flur herein. Sie hörte niemanden durch den Flur gehen. Trotzdem hatte sie etwas geweckt.

Tock! Tock! Tock!

Irgendetwas klopfte an ihr Zimmerfenster. Pia dachte, sich verhört zu haben. Ihr Zimmer war im vierten Stock des Krankenhauses. Niemand konnte vor ihrem Fenster stehen und dagegen klopfen. Trotzdem hörte sie es wieder.

Tock! Tock! Tock!

Dreimal hintereinander schlug etwas gegen das Glas. Diesmal etwas lauter als vorher. Dann war es wieder still.

«Wer ist da?», fragte sie und hielt danach den Atem an, um nicht eine Antwort zu überhören.

Einige Sekunden passierte nichts.

Dann wieder: Tock! Tock! Tock!

Der Abstand zwischen den drei Schlägen war geringer geworden, die Lautstärke war aber gleich geblieben.

Pia stand auf. Unter der Bettdecke war es kuschelig und warm gewesen. Nun lief sie auf nackten Füßen über den kühlen Boden, was ein Kribbeln in ihrem ganzen Körper verursachte.

Als sie den Vorhang berührte, klopfte es noch einmal.

Mit einem Ruck zog sie den Vorhang zur Seite.

Der Vogel, der auf der Fensterbank stand, hatte ein schwarzes, bläulich schimmerndes Gefieder. Seine Augen und Beine waren ebenfalls schwarz, aber ohne Blauschimmer. Pia hatte schon oft einen Raben gesehen. Das war nichts Besonderes. Es war für Pia auch nicht verwunderlich, dass der Rabe an ihr Fenster geklopft hatte. Raben waren intelligent und frech zugleich. Vielleicht hatte er hinter dem Fenster etwas zu fressen vermutet.

Das Besondere an diesem Vogel war, dass er in seinem nach unten gebogenen Schnabel genau den Luftballon hielt, den Pia am Abend vorher auf seine Reise geschickt hatte.

Vorsichtig drehte Pia den grauen Griff und öffnete das Fenster. Sie rechnete damit, dass der Vogel wegfliegen würde, da wilde Tiere nun mal flohen, wenn ihnen ein Mensch zu nah kam.

Aber der Rabe blieb sitzen. Aufmerksam beobachtete er Pia und drehte dabei seinen Kopf mit schnellen Bewegungen.

«Warum hast du mir meinen Wunschballon zurück gebracht?», fragte sie. «So wird doch niemand den Ballon finden, und mein Wunsch bleibt unerfüllt.»

Sie streckte ihre rechte Hand aus. Auch jetzt flüchtete der Rabe nicht, sondern er kam Pia ein kleines Stück entgegen und beugte seinen Kopf so, dass Pia ohne Probleme die Schnur greifen konnte, die Ballon und Karte miteinander verband. Kurz hielt sie den Ballon fest, dann ließ sie ihn los. Erneut stieg er in den Himmel.

Plötzlich schlug der Rabe mit seinen Flügeln. Pia wich erschrocken zwei Schritte zurück und beobachtete, wie der Vogel abhob und dem Ballon folgte. Nach wenigen Sekunden hatte er ihn eingeholt. Er benötigte nur einen Versuch, um die Schnur mit seinem Schnabel zu fassen. Dann kehrte er zurück und setzte sich erwartungsvoll auf das Fenstersims.«Was soll das? Lass doch den Luftballon in Ruhe!»

Wieder nahm Pia dem Raben die Schnur aus dem Schnabel und ließ den Ballon fliegen. Nach wenigen Sekunden startete auch der Rabe und kehrte mit dem Ballon im Schnabel zurück.

«Warum tust du das? Willst du nicht, dass mein Wunsch in Erfüllung geht?»

Auch bei Pias nächstem und übernächstem Versuch, den Ballon zu starten, brachte der Rabe ihn zurück.

«Das ist mir jetzt zu blöd. Ich lasse den Ballon erst fliegen, wenn du nicht mehr hier bist!» Pia nahm ihm den Ballon ein weiteres Mal ab. Diesmal zog sie ihn ins Zimmer und wollte das Fenster schließen.

Laut schreiend protestierte der Rabe und hüpfte von einem Bein auf das andere.

«Du willst spielen?», fragte Pia.

Als Antwort flog der Rabe einen Kreis vor Pias Fenster und setzte sich dann wieder auf das Fenstersims. Jedes Mal, wenn Pia den Ballon fliegen ließ, brachte der Rabe ihn zurück. Und mit jedem Mal entspannten sich Pias Gesichtszüge. Ihre Augen wurden größer und aufmerksamer. Ihre Lippen lockerten sich und waren nicht mehr zu zwei schmalen Linien zusammengepresst. Sie lächelte - zum ersten Mal seit vielen Wochen.

Der Rabe war es auch, der das Spiel beendete, indem er dem Ballon nicht mehr folgte.

«Und jetzt? Was hast du jetzt vor?», fragte Pia den Vogel. Sie wusste zwar, dass er nicht antworten würde, aber sie fragte sie ihn trotzdem. Man konnte ja nicht von jedem eine Antwort erwarten. Manche Ärzte antworteten Pia auch nicht, wenn sie etwas fragte. Ihre Mutter sprach oft mit Gott. Sie nannte das beten. Er antwortete auch nie. Trotzdem sprach ihre Mutter mit ihm. Warum also sollte sie nicht mit einem Raben sprechen, der gerade vor ihr saß.

Der Rabe hüpfte durch das Fenster. Auf dem Heizkörper sitzend blickte er sich um. Dann flog er einmal quer durch das Zimmer direkt auf den Obstkorb zu, den Pias Mutter jeden Tag neu füllte. Ein Apfel, zwei Mandarinen, Weintrauben und Nüsse lagen diesmal in dem Weidenkörbchen.

Gierig zupfte der Rabe Trauben von den dünnen Zweigen ab und verschlang sie.

Pia schloss das Fenster, setzte sich an den Tisch und beobachtete den Vogel. Ein Detail war ihr bisher nicht aufgefallen: Um den linken Fuß trug er einen glänzenden Ring in dem eine Kombination von Buchstaben und Zahlen eingraviert war.

«Das ist also dein Geheimnis. Du bist gar kein wilder Rabe. Du gehörst jemandem, der dich dressiert hat.» Pia streichelte dem Raben über den Rücken, was dieser sich auch gefallen ließ.

«Wie du wohl heißt? Du hast bestimmt einen Namen.» Pia ging einige Namen durch, die für Vögel typisch waren: Hansi, Mäxchen, Tweety, Fred oder Charly. Sie passten mehr zu Wellensittichen oder Kanarienvögeln, aber nicht zu dem Raben, der vor ihr saß und seinen Hunger stillte.

«Frodo!», stieß Pia plötzlich hervor. Das war der passende Name für ihn! Der Name eines unerschrockenen, mutigen Hobbits, der, zum Ringträger auserkoren, allerhand Gefahren überstand.

«Gefällt dir Frodo?», fragte Pia.

Frodo krächzte zwischen zwei Weintrauben, was Pia als Zustimmung auffasste.

«Aber was mache ich mit dir, wenn jemand hereinkommt?» Im Krankenhaus waren natürlich keine Tiere erlaubt. Pia durfte nicht einmal von ihrem Kaninchen besucht werden, das zu Hause in seinem Käfig auf ihre Rückkehr wartete.

«Wenn Schwester Conny oder jemand anderes dich sieht, nehmen sie dich mir bestimmt weg.»

Sie brauchte ein Versteck für Frodo, in das er schnell hineinfliegen konnte, wenn jemand die Tür öffnete. Leider gab es in ihrem Zimmer nicht sehr viele Möglichkeiten, die als Versteck geeignet waren. Neben dem Bett, dem Tisch und drei Stühlen gab es nur einen Schrank. Eine Tür führte zum Bad, aber es wurde jeden Tag gereinigt. Dort konnte sie Frodo auf keinen Fall verstecken.

Die einzige Möglichkeit war der Schrank. Die Krankenschwestern schauten dort nie hinein. Auch ihre Mutter machte ihn nur auf, wenn sie neue Kleider brachte. Wenn Pia aufpasste, konnte sie die Kleider abfangen und sagen, dass sie die später selber aufräumen wolle. Welche Mutter konnte etwas dagegen einwenden?

Pia öffnete den Schrank. Das oberste Fach konnte sie ohne Hilfe nicht erreichen. Deshalb war es leer.

Nun schob sie einen Stuhl hin, kletterte auf diesen und polsterte das Fach mit ihrem weichsten Pulli aus.

«Das ist dein Nest, solange du bei mir bist. Ich lasse die Schranktür immer etwas offen stehen. Und wenn du hörst, dass jemand hereinkommt, musst du ganz schnell hineinfliegen.»

Frodo krächzte einmal zur Bestätigung. Er musste ein sehr intelligenter Rabe sein. Pia brachte den Stuhl an seinen ursprünglichen Platz zurück und schloss die Schranktür, wobei sie darauf achtete, die Tür genau so weit offen stehen zu lassen, dass Frodo hineinschlüpfen konnte. Sie war gerade fertig, als Frodo auch schon los flatterte und sich versteckte. Eine Sekunde später wurde die Zimmertür geöffnet.

«Guten Morgen, Pia! Du bist heute aber früh wach!» Routiniert legte Conny die Tabletten auf Pias Nachttisch. Dann schüttelte sie die Bettwäsche auf. Zum Schluss tauschte sie das gebrauchte Wasserglas gegen ein neues aus und stellte eine Kanne Tee daneben.

«Ich muss weiter. Bis später», trällerte Conny und war schon wieder auf dem Weg ins nächste Zimmer.

«Darf ich heute in den Garten gehen?», fragte Pia.

Conny drehte sich überrascht um. «Du willst in den Garten?»

«Ja.» Pia hatte das Krankenhaus nicht mehr verlassen, seit sie mit ihrer Therapie angefangen hatte. Anfangs war sie körperlich zu schwach gewesen, später hatte sie einfach keine Lust mehr gehabt. Warum sollte sie denn überhaupt rausgehen? Sie kannte niemanden, der mit ihr im Garten herumtollen wollte. Aber nun hatte sich etwas geändert. Ein Rabe namens

Frodo saß in ihrem Schrank und würde gegen einen kleinen Ausflug sicherlich nichts einzuwenden haben.

Auch Pia freute sich bereits darauf, mit Frodo im Schnee zu spielen, wobei sie noch nicht genau wusste, wie ihr Spiel aussehen konnte. Bisher hatte Frodo ja nur Luftballons apportiert.

«Ich denke, das lässt sich machen. Wir müssen zwar Dr. Weis fragen, aber er hat bestimmt auch nichts dagegen.»

Pia lachte. Es war das erste Mal seit Wochen, dass sie für einen Moment alles um sich herum vergaß und einfach nur lachte.

Conny blickte irritiert. Sie kannte Pia meist nur traurig. Dann lachte auch sie.

«Ach, was soll's. Du hast doch eine dicke Jacke und Stiefel hier, oder? Außerdem brauchst du Handschuhe und eine Mütze. Warte noch bis nach dem Mittagessen. Dann scheint die Sonne in den Garten und es ist wärmer. Dr. Weis sagt ja immer, Lachen ist die beste Medizin. Und wenn du schon alleine beim Gedanken daran anfängst zu lachen, kann es so falsch nicht sein.»

Die Krankenschwester ging aus dem Zimmer, ließ die Tür aber offen. Pia hielt die Luft an. Hoffentlich blieb Frodo in seinem Versteck. Conny konnte jeden Moment zurückkommen. Und wenn sie Frodo sah, wäre das bereits das Ende ihrer gemeinsamen Zeit.

Aber Frodo blieb in seinem Versteck. Dafür kam Conny tatsächlich zurück. In ihren Händen trug sie diesmal eines der grauen Tabletts, auf denen das Essen angerichtet war. Pias Frühstück war jeden Morgen gleich. Sie aß eine Brötchenhälfte mit Marmelade und Butter und eine Hälfte mit Nutella. Von dem Früh-

stücksei mochte sie nur den Dotter. Das flutschige Ei-
weiß ließ sie liegen. Der Kakao war meistens nur noch
lauwarm, wenn sie ihn trank.

Conny stellte das Tablett auf den Tisch. Ihr Blick
schweifte dabei nochmals prüfend durch das Zimmer.

«Hast du gestern Abend tatsächlich noch einen
deiner Wunschballons fliegen lassen?»

«Ja» sagte Pia. «Der Wunsch ist auch schon in
Erfüllung gegangen.»

Pia hätte sich am liebsten selbst gekniffen. So wie
man jemanden kneift, der etwas sagt, was er nicht sagen soll.

Conny lächelte aber nur. «Dann hoffe ich, dass
deine anderen Wünsche auch in Erfüllung gehen.»
Beim Verlassen des Zimmers schloss Conny die Tür
diesmal hörbar. Alarmiert von dem Geräusch kam
Frodo aus seinem Versteck hervor. Er flog zur Fensterbank und blickte durch das mit Eisblumen bedeckte
Glas.

«Conny hat zwar gesagt, ich soll erst später in den
Garten. Aber ich kann es genauso wenig abwarten wie
du.»

Frühstücken konnte sie auch noch später.

3

In der Nacht hatte es nochmals geschneit. Die Spuren der Kinder, die am Vortag im Garten gespielt hatten, waren unter einer neuen, unberührten Schneedecke verschwunden.

Pia war fast alleine im Garten. Drei andere Kinder bauten einen Schneemann, sie interessierten sich nicht für Pia.

Sie zog sich ihre Handschuhe über. Dann stapfte sie durch den Schnee zu den fünf Tannen, die am Rande des Gartens standen.

Aus ihrem Zimmer heraus war ihr nie aufgefallen, wie groß der Garten war. Erst jetzt, als sie zum ersten Mal selbst hier war und nicht nur andere Kinder aus dem Fenster heraus beobachtete, registrierte sie dessen Weite.

Unter den Bäumen angekommen, legte Pia ihren Kopf in den Nacken und suchte Frodo zwischen den Ästen. Sie hatte ihm das Fenster geöffnet und erklärt, wo er hinfliegen sollte. Als ob er sie verstanden hätte, schlug er mit seinen Flügeln und war wenige Sekunden später zwischen den Bäumen verschwunden.

Hier musste er nun sitzen. Irgendwo zwischen den von der Schneelast herabgedrückten Ästen versteckte er sich und wartete darauf, von ihr entdeckt zu werden.

Pia fand zwei verlassene Vogelnester. Ein Specht hatte in einen der Bäume eine Höhle gehackt. Ein

Eichhörnchen blickte neugierig auf Pia hinab, ließ den abgenagten Tannenzapfen fallen und flüchtete auf einen höheren Ast. Frodo war nicht zu sehen.

«Wo bist du?», rief Pia mit gedämpfter Stimme. Die anderen Kinder sollten nicht auf sie aufmerksam werden.

Sie lief zum nächsten Baum und glaubte schon, Frodo sei weggeflogen, als sie ihn hinter einem Zweig hervorspähen sah.

«Ich sehe dich!»

Frodo krächzte. Er stieß zu Pia hinab, flog knapp vor ihr eine Schleife und tauchte wieder in den Baumkronen unter. Pia lief erst langsam um den Baum herum, dann rannte sie, bis sie Frodo wieder entdeckte. Jedes Mal krächzte er und versteckte sich erneut. Pia rannte immer schneller, um ihren Spielgefährten zu finden.

Schließlich lehnte sie sich außer Atem an einen der Baumstämme und sank zu Boden. Augenblicklich kam Frodo geflogen und setzte sich auf ihre Beine.

Aus ihrer Jackentasche holte sie eine Brötchenhälfte, die sie beim Frühstück aufgehoben hatte und brach kleine Krumen davon ab, die Frodo gierig aufpickte. Es kitzelte, wenn er dabei Pias Hand berührte.

«Weißt du, wann ich das letzte Mal so viel Spaß hatte?» Pia musste nicht lange überlegen. «Bei Julianes Geburtstag im Frühjahr! Wir haben uns alle paarweise gegenübergestellt und eine Orange zwischen unsere Stirn geklemmt. Dann haben wir getanzt. Juliane und ich hatten es am längsten geschafft, bevor die Orange herunterfiel. Danach haben wir eine Karaoke-Party gemacht! Julianes Eltern hatte eine richtige Anlage besorgt mit Verstärkern und Mikrofon! Ich habe damals mindestens genau so viel gelacht wie heute. Juliane war meine beste Freundin. Aber seit ich hier bin scheint sie mich vergessen zu haben.»

Pia biss auf ihre Unterlippe. Natürlich vermisste sie ihre Freundinnen, allen voran Juliane. Aber vielleicht konnte sie etwas dafür tun, wieder eine Freundin zu haben.

«Kommst du wieder an mein Fenster?», fragte sie.

Das bekannte Krächzen war Frodos Antwort.

Pia stand daraufhin auf, rannte durch den Schnee zurück in das Krankenhaus und dort in ihr Zimmer.

Dr. Weis nahm sich nicht oft die Zeit, an einem der vielen Fenster stehen zu bleiben und hinauszuschauen. Wenn er im Dienst war, eilte er von Zimmer zu Zimmer, unterhielt sich mit seinen kleinen Patienten, untersuchte sie, prüfte ihre Laborwerte und sprach mit den Krankenschwestern über sie. Er ordnete Medikamente und Untersuchungen an oder setzte sie ab. Auch an diesem Tag wäre er nicht auf die Idee gekommen, das Treiben im Garten zu beobachten, hätte Schwester Cornelia ihn nicht dazu überredet.

«Was sagen Sie denn nun?» Conny war stolz auf das, was sie sahen. Als sie Pia im Garten herumtollen sah, hatte sie Dr. Weis geholt und ihm den Fortschritt gezeigt, den Pia innerhalb eines Tages gemacht hatte. «Sie wirkt viel glücklicher, fast so, als ob sie ganz gesund wäre.»

«Sie ist fast gesund», sagte Dr. Weis. «Ihre Blutwerte sind fantastisch. Sie steht sich hauptsächlich selbst im Weg und glaubt einfach nicht daran, wieder gesund zu werden. Was ja auch verständlich ist, wenn man sieht, wie ihre Eltern und Großeltern mit Pias Leukämie umgehen.»

Conny wusste, wovon Dr. Weis sprach. Pias Verwandte machten ihr keinen Mut und erkannten auch nicht den Wert kleiner Fortschritte. Im Gegenteil. Sie sahen oft nur das Negative und Schlechte und diskutierten darüber in Pias Beisein.

«Was spielt Pia dort eigentlich?», fragte Dr. Weis.

Pia rannte unter den Bäumen am Rand des Gartens herum. Manchmal war sie für ein paar Sekunden zu sehen, dann wieder war sie unter den Ästen der Bäume verschwunden.

«Ich weiß es nicht. Vielleicht hat sie ein Eichhörnchen gesehen und stellt diesem jetzt nach», überlegte Conny. «Wissen Sie, warum Pia so schnell ihre Traurigkeit überwinden konnte?»

Dr. Weis lächelte. «Ganz sicher bin ich mir nicht. Aber ich habe eine Vermutung.»

«Und die wäre?»

«Das bleibt mein Geheimnis.»

5

Die nassen Schuhsohlen quietschten bei jedem Schritt. Vereinzelt drehte sich jemand verärgert um und schaute Pia böse hinterher. Ihr war das egal, sie hatte es eilig. Sie rannte so schnell es ihr in den Winterstiefeln möglich war.

Auf der Treppe war sie gestolpert und dabei fast hingefallen. Glücklicherweise hatte sie sich am Geländer festgehalten und konnte sich so gerade noch rechtzeitig auffangen, bevor sie mit ihren Knien auf der Kante einer Stufe aufschlug.

Aber sie musste rennen. Sie musste so schnell wie möglich wieder in ihr Zimmer kommen und Frodo das Fenster öffnen. Bestimmt saß er bereits ungeduldig auf der Fensterbank und wartete auf sie.

In der Spielecke hatten sich einige Kinder um einen Tisch herum versammelt. Aus einem Holzturm zogen sie reihum kleine Holzquader heraus und legten diese wieder obenauf. Als Pia vorbeirannte, gerieten die Bausteine ins Wanken und fielen krachend auf die Tischplatte. Aber Pia rannte weiter, bis sie ungebremst gegen Schwester Susanne prallte.

«Pia, wer ist denn hinter dir her?»

«Niemand!», rief Pia und rannte bereits weiter. Auf halbem Wege zu ihrem Zimmer fiel ihr auf, dass sie sich noch nicht entschuldigt hatte. «Entschuldigung!», rief sie noch, da hatte sie bereits die Tür zu ihrem Zimmer erreicht. Sie öffnete sie und blieb ruckartig stehen.

Schwester Conny und Dr. Weis lächelten ihr entgegen. Und Frodo saß tatsächlich hinter ihren Rücken auf der Fensterbank und wartete auf Einlass.

«Hallo Pia», sagte Dr. Weis.

«Hallo.»

«Wie geht es dir heute?»

Pia hatte den Eindruck, dass die meisten Ärzte froh waren, wenn sie wieder aus den Krankenzimmern hinausgehen und sich hinter den Akten in ihren Büros verstecken konnten. Dr. Weis war anders. Er redete viel mit seinen kleinen Patienten. Er sprach dabei nicht nur, sondern hörte auch geduldig zu. Genau das wollte Pia nun aber vermeiden.

«Aber ich glaube, das ist gar nicht mehr nötig, nachdem ich dich im Garten gesehen habe.»

«Was haben Sie denn gesehen?», fragte Pia ängstlich. Dr. Weis und Conny hatten sie beobachtet. Damit hatte sie nicht gerechnet. Und jetzt war sie aufgeflogen.

«Wir haben eine fröhliche Pia gesehen, die im Schnee gespielt hat und nun ganz außer Atem vor uns steht.»

«Sonst haben Sie nichts gesehen?» Ein kleiner Funken Hoffnung machte sich breit. Hatten sie Frodo tatsächlich nicht entdeckt?

«Was sollen wir denn sonst noch gesehen haben?»

Conny witterte etwas. Pia konnte es ihrer Stimme anhören. Aber sie wusste nichts. Das war gut. Pia zwang sich, weder an Conny vorbei zu Frodo noch verlegen auf ihre Füße zu blicken, sondern den Augenkontakt mit Conny aufrecht zu erhalten. «Nichts.»

Pia hätte sich wahrscheinlich selbst nicht geglaubt. Aber Dr. Weis ging glücklicherweise zur Tagesordnung über. Er blätterte in einer blauen Mappe. An manchen Stellen hielt er kurz inne, machte eine Notiz und blätterte dann weiter.

Pia hatte noch nie in diese Mappe hineingesehen, obwohl sie einen Teil ihres Lebens enthielt. Blutwerte und Untersuchungsergebnisse waren dort beschrieben. Die Krankenschwestern dokumentierten, wenn es ihr schlecht ging oder sie nicht geschlafen hatte. Conny hatte einmal erzählt, dass sie sogar aufschreiben mussten, wie viel Pia gegessen und getrunken hatte.

«Dir scheint es wirklich besser zu gehen. Wenn du möchtest, kannst du für ein paar Tage nach Hause gehen, bis wir mit dem letzten Zyklus anfangen müssen.»

Pia bekam die Infusionen immer nur für einige Tage. Während einer Pause von einigen Wochen konnte sie sich von den Strapazen der Behandlung erholen. Dann startete die Medikation erneut. Diesen Zeitraum nannten die Ärzte Zyklus. Pia hatte zwei Zyklen benötigt um zu verstehen, was die Ärzte damit meinten.

Nach den ersten Behandlungen hatte sie sich danach gesehnt, nach Hause zu gehen. Ihre Freundinnen waren draußen, während sie im Krankenhaus war. Doch nun war es genau umgekehrt.

«Ich möchte lieber hierbleiben.»

Dr. Weis und Conny schauten beide sehr ungläubig, löcherten Pia aber nicht mit weiteren Fragen, wofür sie sehr dankbar war.

«Na schön», sagte Dr. Weis, «wenn das so ist, kannst du auch gerne bei uns bleiben. Aber wenn du es dir doch noch anders überlegt, sag einfach Conny Bescheid.»

Dr. Weis lächelte Pia nochmals an. Dann ging er an ihr vorbei und verließ das Zimmer. Conny folgte ihm.

Pia wartete, bis die Tür komplett zu und der Türgriff wieder in seiner Ruhestellung war. Dann stürmte sie zum Fenster und öffnete es. Sofort hüpfte Frodo herein.

«Ich hatte Angst, dass du wegfliegst, weil du so lange auf mich warten musstest.»

Ohne auf Pia Rücksicht zu nehmen, flatterte er an ihr vorbei und setzte sich auf den Rand ihres Bettes. Kurz schaute er sich die beiden Ballons an, als ob er sich für einen entscheiden wollte. Dann zupfte er an der Schnur des blauen Ballons.

«Ich glaube, du denkst das Gleiche wie ich!» Pia freute sich, dass sie endlich jemanden gefunden hatte, der sie verstand und wusste, was in ihr vorging. Auch wenn er es ihr nicht sagen konnte.

Pia nahm die zweite Karte. Auf ihr flog ein Stern durch den Nachthimmel und zog dabei einen langen Schweif hinter sich her.

«Hoffentlich zeigt der Stern nun jemandem seinen Weg zu mir.»

Pia setzte sich aufs Bett. Die Karte legte sie vor sich, vom Nachttisch nahm sie einen Kugelschreiber. Bevor sie zu schreiben begann, streichelte sie über Frodos Rücken.

«Ich hoffe, du verstehst es nicht falsch. Aber mein zweiter Wunsch ist eine Freundin. Natürlich bist du auch mein Freund. Im Moment sogar mein bester. Wir können miteinander spielen und ich kann zu dir sprechen. Aber du kannst mir weder antworten noch etwas erzählen. Ich wüsste gerne, wo du herkommst. Oder wer dir beigebracht hat, Ballons zu apportieren wie ein Hund einen weggeworfenen Stock. Oder wer mit dir Verstecken gespielt hat, bevor ich es getan habe. Aber du kannst mir das nicht sagen. Deshalb wünsche ich mir noch einen anderen Freund.»

Pia schrieb mit großen Buchstaben ihren Wunsch auf die Rückseite der Karte. Dann fiel ihr ein, dass sie auch noch ihren Namen und Adresse dazuschreiben musste. Der Finder der Karte musste ja wissen, wo er sie finden konnte.

Frodo legte seinen Kopf schief, was Pia als Zustimmung verstand, den Ballon auf seine Reise zu schicken. Sie löste den Knoten, mit dem der Ballon am Bett festgebunden war, und band die Karte an die Schnur.

Am offenen Fenster wartete sie, bis Frodo sich neben sie setzte. Gemeinsam blickten sie dem Ballon zu, wie er in den Himmel stieg. «Du musst mir jetzt Glück wünschen und ganz fest daran glauben, dass mein Wunsch in Erfüllung geht.»

Frodo schaute dem Ballon zu, wie er in den Himmel stieg und dabei von Sekunde zu Sekunde kleiner wurde. Pia bemerkte seinen sehnsüchtigen Blick.

«Du möchtest ihm nachfliegen, habe ich recht?»

Der Rabe wurde immer unruhiger. Er stellte sich von einem Bein auf das andere. Er schlug mit seinen Flügeln, ohne abzuheben. Ungeduldig wechselte sein Blick zwischen Pia und dem kleinen blauen Punkt am Himmel.

«Du möchtest ihm folgen und nicht mehr wieder kommen?»

Entschuldigend zwickte Frodo in Pias Pulli. Dann flog er los. Noch bevor er den Ballon erreicht hatte, konnte Pia den Raben nicht mehr erkennen. Sie konnte aber an dem plötzlichen Richtungswechsel des Ballons erahnen, dass Frodo ihn erreicht, die herabhängende Schnur samt Karte mit seinem Schnabel geschnappt hatte und den Ballon wegschleppte. Kurz hoffte sie, dass er den Ballon wie am Vortag wieder zu ihr zurückbrachte. Aber der kleine blaue Punkt wurde immer kleiner. Erst als sie den Ballon nicht mehr sehen konnte, schloss sie das Fenster und legte sich aufs Bett.

Viel Glück, Frodo, war ihr letzter Gedanke, bevor sie erschöpft einschlief.

6

Der schwarz-weiße Border Collie lag abwartend auf dem Boden. Jeder einzelne seiner Muskeln war angespannt. Er hechelte mit herausgestreckter Zunge und wartete auf das Kommando, endlich loslaufen zu dürfen.

Mali beugte ihre Knie und rief: «Los!»

Nebeneinander stürmten sie dem ersten Hindernis entgegen, einer eineinhalb Meter hohen schrägen Wand. Joko rannte auf der einen Seite hoch, auf der anderen Seite sprang er einfach hinunter. Mali blieb neben Joko und zeigte ihm mit ausgestrecktem Zeigefinger den Weg durch die weiteren Hindernisse: zwei Hürden, ein Sacktunnel, eine Wippe und ein zwischen zwei Holzpfosten aufgehängter Autoreifen, durch den Joko hindurch springen musste.

Selbst im Slalom zwischen zehn Stangen verlor der Hund nicht den Überblick und setzte zu einem Sprung über das letzte Hindernis, einer kniehohen Mauer, an.

Wieder auf dem Rasen aufgekommen, drehte er sich sofort zu Mali um und wartete auf das verdiente Lob. Mali kniete sich neben den Hund und drückte ihn fest an sich: «Gut gemacht, Joko! Wir werden gewinnen!»

Es waren nur noch wenige Tage bis zu ihrem ersten Wettbewerb, an dem sie teilnehmen durften.

Malis Vater trainierte Tiere für Fernseh- oder Werbefilme damit diese im richtigen Moment das taten, was sich ein Drehbuchautor ausgedacht hatte.

Die Tiere waren in einem Stall untergebracht. Es gab zwei Ziegen, die besser hörten als mancher Hund. Sie konnten sich auf Zuruf setzen oder hinlegen. Die größere der beiden hatte gelernt, aus Handtaschen Gegenstände zu stehlen.

Drei der vier Katzen warteten noch immer auf ihr erstes Engagement. Eigensinnig wie Katzen nun mal waren, hielten sie sich selten an Drehpläne oder die eingeübten Kunststücke.

Neben Joko gab es noch drei andere Hunde. Aber der Border Collie war der gelehrigste unter ihnen. Er konnte nicht nur jeden Hindernisparcours bewältigen, er stellte sich tot, machte Männchen, unterschied rechts von links und kannte die meisten Alltagsgegenstände beim Namen. Es war ein leichtes für ihn, vor der Kamera ein Telefon oder einen Blumenstrauß zu apportieren, wenn Malis Vater es von ihm verlangte. Er war es auch, der regelmäßig gebucht wurde für Auftritte im Fernsehen. Und nun hatte Malis Vater ihr erlaubt, mit Joko an einem Agility-Wettbewerb teilzunehmen. Wahrscheinlich hatte er das nur getan, um sie über den Verlust eines anderen ihrer tierischen Freunde hinweg zu trösten.

Joko erwiderte Malis Lob und schleckte mit seiner rauen Zunge über ihre Wange.

«Das kitzelt», lachte sie und wehrte den Collie ab.

Ein Krächzen unterbrach ihr Spiel. Mali drehte den Kopf in die Richtung, aus der sie den Vogelruf gehört hatte.

Auf dem Autoreifen, durch den Joko vor wenigen Sekunden gesprungen war, saß Rudi.

Sie hatte ihn als Siebenjährige zwischen überreifen Äpfeln gefunden, die vom Baum gefallen waren. Seine Augen hatte er noch zusammengekniffen, nur wenige Daunenfedern bedeckten seine Haut. Er lag hilflos da und fühlte sich kalt an, als Pia ihn in ihre Hand nahm und ihn zu ihrem Papa brachte. Auf einem Streichholz spießten sie Brotkrumen auf und fütterten das Küken, das seinen Schnabel nur aufsperrte, wenn ihr Vater eine Melodie aus kurzen, hohen Tönen pfiff. Aus einem Schuhkarton, Stroh und einem Baustrahler bauten sie ein Nest und sorgten für die Wärme, die das Tier so dringend benötigte.

Wochenlang hatten sie Rudi am Leben gehalten. Mali sah, wie er größer wurde und schwarze Federn seine Haut bedeckten. Sie war auch dabei, als er seine ersten erfolgreichen Flugversuche machte.

«Raben», hatte Malis Vater ihr erzählt, «sind sehr intelligente Tiere. Sie vergessen nicht, wer sie großgezogen hat. Er wird immer wieder zu dir zurückkommen. Und wenn du etwas Geduld mit ihm hast, wird er vielleicht sogar einige Kunststücke von dir lernen.»

Ihr Vater hatte Recht behalten. Rudi gehörte nicht zu den Tieren auf ihrem Hof, die keine andere Wahl hatten. Diese waren Haustiere. Aber Rudi war ein Wildtier, das aus freien Stücken geblieben war. Morgens flog er aus seinem Käfig weg, abends kam er zurück. Die Tür zu seinem Käfig war niemals verschlossen, so dass er kommen und gehen konnte, wann immer er wollte. Vor drei Tagen war er nicht zurückgekommen. Es war die erste Nacht seit Jahren, in der Rudi nicht in seinem Käfig saß. Auch am nächsten

Tag wartete Mali vergeblich auf den Raben. Am dritten Tag war sie so traurig, dass ihr Vater ihr den lang gehegten Wunsch erlaubte, mit Joko an einem Agility-Turnier teilzunehmen.

Und jetzt war Rudi wieder da. Stolz saß er da. In seinem Schnabel hielt er eine Schnur. Der daran befestigte Luftballon schwebte über seinem Kopf.

Pia rannte zu Rudis Käfig, Joko lief bellend neben ihr her.

«Mama! Papa! Rudi ist wieder da!» Sie war sich nicht sicher, ob ihre Eltern sie hörten, aber sie rief trotzdem.

Bei Rudis Käfig hatte sie immer ein paar Lederhandschuhe deponiert. Seine Krallen waren zwar nicht so scharf wie die eines Greifvogels, aber es zwickte trotzdem, wenn er sich auf ihre Hand setzte.

Während sie zu Rudi zurücklief, streifte sie sich die Handschuhe über. Zehn Meter vor dem Raben blieb sie stehen, hob ihre linke Hand auf Brusthöhe und rief den Raben bei seinem Namen. Sofort flog er zu Mali und setzte sich, so wie es gelernt hatte, auf den Handschuh.

«Joko!» Mali war sich nicht sicher, ob ihr Herz wegen ihrer Freude über den Heimkehrer oder wegen ihrer Aufregungen so schnell schlug. Wahrscheinlich war es eine Mischung aus beidem. «Lauf und hol Papa!»

Der Hund wirkte irritiert. Kaum war der Vogel da, war das Spiel, das er gerne noch fortgeführt hätte, beendet. Trotzdem trabte er los, wie Mali es ihm befohlen hatte.

Mali untersuchte den Raben. Sie befürchtete eine Verletzung wegen der er vielleicht einige Tage nicht hatte fliegen können. Aber er war unversehrt. Mali atmete auf.

«Was hast du mir denn da mitgebracht? Einen Ballon?» Mali hatte Rudi nicht beigebracht, Luftballons zu fangen. Er war selber auf die Idee gekommen. Stolz hatte sie ihm einen Ballon vorgeführt, den ihre Oma ihr auf einem Volksfest gekauft hatte. Mali hatte sich den Ballon nicht an ihr Handgelenk gebunden, sondern nur zwischen ihren Fingern gehalten. Plötzlich war er ihr entglitten. Rudi blickte dem Ballon ebenso nach wie Mali. Die Sonne spiegelte sich in ihm und verursachte so kurze Blitze, die den Raben interessierten. Er flog dem Ballon nach, holte ihn zurück und überreichte ihn Mali. Es war das erste Kunststück, das Rudi gelernt hatte.

Mali nahm Rudi den Ballon ab. Erst jetzt bemerkte sie die Karte, die am anderen Ende festgeknotet war.

Als Malis Vater bei ihr und Rudi ankam, angeführt von dem kläffenden Joko, hatte sie die Karte bereits gelesen und einen Entschluss gefasst.

7

Sonnenstrahlen fielen durch das Fenster hindurch auf Pias Gesicht. Sie mochte es, von der aufgehenden Sonne geweckt zu werden. Deshalb schlief sie gerne bei offenem Rollladen und im Sommer auch bei geöffnetem Fenster, damit sie die Vögel hören konnte, die jeden neuen Tag mit ihrem Gesang begrüßten.

Als sie ihre Augen öffnete, blinzelte sie, bis sie sich an die Helligkeit gewöhnt hatte. Durch die halb geöffnete Tür zog der Duft von warmem Kakao und frisch gebackenen Brötchen ins Zimmer.

Pia setzte sich auf. Vom Erdgeschoß drang Musik durch den Flur. Ihre Mutter stellte immer das Radio an, wenn sie das Frühstück vorbereitete. Manchmal summte sie eine Melodie mit, wenn es eines ihrer Lieblingslieder war. Pia mochte Lady Gaga, Pink und Rihanna. Ihre Songs waren cool, und die Sängerinnen waren an ihrer Schule angesagt. Ihre Mutter hörte Musik von Leuten, die niemand in Pias Alter kannte. Ihre Mutter nannte die Lieder Oldies. So klangen die meisten auch: alt.

Pia schwang ihre Beine aus dem Bett und trat dabei auf Hoppel, der aus dem Bett gefallen war. Sie hob ihn auf und setzte ihn auf ein Regal, auf dem alle ihre Plüschtiere saßen. Früher waren es mehr gewesen. Aber sie war jetzt schon zwölf und brauchte nicht mehr so viele Kuscheltiere. Einige hatte sie verschenkt, einige hatte sie vergangenes Weihnachten in

Schuhkartons gesteckt, diese in buntes Geschenkpapier verpackt und in die Schule mitgenommen. Sie hatten die Spielsachen für Kinder in Afrika gespendet. Nun saßen auf dem Regal nur noch eine Eule, ein Hund, eine Katze, zwei Affen, eine Maus, ein Rabe, ein Clown und tagsüber Hoppel.

«Pia! Das Frühstück ist fertig!»

Pia bemerkte wieder, wie hungrig sie war. Sie drehte sich um und eilte zur Tür. Als sie diese aufzog, stockte ihr der Atem.

Vor ihr lag nicht der kurze Flur, auf dessen rechten Seite die Badezimmertür und am Ende das Schlafzimmer ihrer Eltern lag. Die Treppe, die ins Erdgeschoß führte, war ebenfalls verschwunden. Dafür stand sie mit ihren nackten Füßen im sandigen Boden einer Zirkusmanege.

Die kreisrunde Fläche war von den Zuschauerrängen mit einer kniehohen Umrandung abgegrenzt. Die Tribüne lag im Dunkeln, während Scheinwerfer die Manege in ein grelles Licht tauchten. Einige Spots bewegten sich planlos durch die Manege, andere verweilten an einer Stelle und stellten verschiedene Szenen ins Rampenlicht.

Pia machte vorsichtig einen Schritt voraus. Der Sand bewegte sich unter ihren Füßen, aber er knirschte nicht.

Eine Frau ging auf Pia zu und lächelte sie an. Ihrer Kleidung nach konnte es nur die Zirkusdirektorin sein. Sie trug einen roten Frack, der mit goldenen Kugeln zugeknöpft und dessen Saum mit goldenem Garn kunstvoll verziert war.

Ein Zylinder bedeckte die blonden, zu einem Seitenscheitel gekämmten Haare, von denen ihr einige

Strähnen in die Stirn fielen. Die schwarzen Hosen waren ebenso wie der Frack mit goldenem Garn verziert. Die Absätze ihrer Stiefel knirschten im Sand, im Gegensatz zu Pias nackten Fußsohlen.

«Worauf wartest du? Komm und schau dir alles an! Egal wo du im Zirkus hingehst, es erwartet dich immer ein Freund!»

Pia folgte der Direktorin, die sie durch die Manege führte.

«Oder sieht der Clown nicht etwa wie ein Freund aus?»

Er hatte rote Haare, eine rote Nase und weiß geschminkte Wangen, auf denen jeweils eine Träne aufgemalt war. Dazu trug er ein rot gepunktetes Hemd und gelbe Hosen. Beides war ihm viel zu groß. Die Schuhe waren an ihren Spitzen aufgerissen und entblößten geringelte Socken. Fröhlich blies er einen Ballon nach dem anderen auf und ließ sie sofort nach dem Zuknoten los. Unter der Zeltkuppel hatten sich bereits einige Ballons angesammelt.

Ein Rabe flog zwischen den Ballons umher. Er stupste sie vorsichtig mit seinem Schnabel an und sortierte sie nach Farben. Pia konnte eine blaue, eine grüne und eine rote Gruppe von Ballons sehen.

Während Pia nach oben schaute, entwich einer der roten Ballons seiner Gruppe und schwebte langsam auf einen Scheinwerfer zu. Als er diesen berührte, platzte er. Den Knall konnte Pia nicht hören, da genau in dem Moment das Orchester zu spielen begann.

«In jedem Zirkus gibt es ein Orchester. Und unseres gehört zu den besten!» Der Stolz in der Stimme der Direktorin war nicht zu überhören.

Pia fand die Musik des Blasorchesters nicht besonders schön, aber laut. In regelmäßigen Abständen schlug ein dicker, glatzköpfiger Mann zwei bronzene Metallscheiben aneinander. Das Becken übertönte die restlichen Trompeten, Posaunen und Hörner. Während der Klang andauerte, sah Pia nur, wie sich die Lippen der Direktorin bewegten, aber sie hörte nicht, was sie sagte.

Als Pia nichts erwiderte, wandte sich die Direktorin von ihr ab und ging zu dem Popcornwagen, der direkt an der Piste stand und dauerhaft Popcorn ausspuckte.

Eine Frau streute Zucker über das noch warme Popcorn und schaufelte es in Papiertüten. Eine dieser Tüten reichte sie Pia, die verwundert die ihr bekannte Frau anstarrte.

«Mama? Was machst du denn hier?»

Die Frau antwortete nicht, sondern wandte sich wieder ihrer Aufgabe zu.

Das Knallen einer Peitsche, die ihr Ziel in der Luft verfehlte, erschreckte Pia. Ein Dompteur trat hervor. In seiner rechten Hand hielt er eine Peitsche, in der Linken einen Metallstab, mit dem er drei Löwen vor sich hertrieb. In der Mitte der Manege knallte er nochmals mit der Peitsche und rief: «Hoch mit euren Pfoten!» Die Löwen setzten sich. Dann hoben sie ihre Vorderpfoten über ihre Köpfe und richteten ihre Körper auf. Nach einigen Sekunden erlöste der Dompteur die Tiere aus ihrer unnatürlichen Haltung. Hintereinander verließen sie die Manege.

Dafür trat ein Mann in schwarzem Frack, weißem Hemd und Fliege ein. Sein auffälligstes Merkmal war ein schmaler Schnurrbart direkt über der Oberlippe mit langen, dünnen, zu den Seiten hochgedrehten Enden.

Er schob einen Tisch vor sich her, auf dem ein lilafarbener mit Pailletten besetzter Kasten stand. Vor Pia blieb der Mann stehen. Er öffnete den Kasten, indem er die vordere Wand nach unten klappte. Er war natürlich leer. Er verschloss den Kasten wieder, machte mit seinen Händen einige geheimnisvolle, bedeutungsschwere Bewegungen und forderte Pia auf, die Kiste diesmal selber zu öffnen.

Ein an einer Möhre mümmelndes blaues Kaninchen schaute ihr entgegen.

«François ist ein weltbekannter Zauberer. Ich habe noch niemanden gesehen, der am Ende seiner Vorstellung nicht aufgestanden ist und ihm applaudiert hat!»

François verschloss die vordere Wand des Kastens wieder. Dafür öffnete er den Deckel und griff hinein. Als er seine Hand zurückzog, hielt er aber nicht das blaue Kaninchen darin fest, sondern ein zusammengefaltetes blaues Seidentuch, das er umgehend zu öffnen begann. Mit jeder Falte, die er öffnete, verdoppelte sich die Größe des Tuches. Als er fertig war, packte er es an zwei Ecken und warf es über Pia.

Sie hörte die Direktorin noch fragen, ob sie nun endlich aufstehen wolle. Dann krallte sie ihre Finger in das Tuch und zog es von ihrem Kopf herunter. Sie spürte, wie der Stoff dabei an ihren Haaren rieb und diese aus ihrer Ordnung brachte.

Pia mochte ihre Haare. Ihrer Meinung nach waren sie das Hübscheste an ihr. Deshalb konnte sie es nicht leiden, wenn jemand ihre Frisur durchwühlte. Ihr Papa machte das gerne, wenn er sie ärgern wollte. Er nannte das „ein Vogelnest bauen" und lachte darüber. Pia fand das gar nicht lustig.

Entsprechend mürrisch reagierte sie auf das Tuch, das der Zauberer über sie geworfen hatte. Sie sah ihn zwar nicht, konnte sich aber ziemlich gut vorstellen, wie er seine Mundwinkel nach hinten zog, ohne seine Lippen zu öffnen, und wie sein Schnurrbart das Grinsen über den schlechten Scherz verstärkte.

«François, das ist nicht lustig!»

«Wer ist François?», fragte eine Stimme ohne französischen Akzent.

Schwester Cornelia stand vor ihr. Sie hatte die hygienisch weiße Krankenhauskleidung mit den großen Seitentaschen an. «Als Zirkusdirektorin hast du mir viel besser gefallen.»

Pia bedauerte es, dass Conny wieder Schwester Cornelia war, dass die Manege mit den Löwen, der Kapelle, dem Clown, dem Zauberer und vor allen Dingen der Popcornmaschine nur Teil eines Traumes waren.

Wann hatte sie das letzte Mal Popcorn genascht? Sie konnte sich nicht mehr daran erinnern.

«Pia?» Conny zog das A in Pias Namen zur Betonung länger als notwendig. «Muss ich mir Sorgen machen? Du fängst doch hoffentlich nicht an zu halluzinieren?»

«Nein.» Pia strampelte die Bettdecke von sich, unter der sie gelegen hatte und die über ihren Kopf gerutscht war. «Ich habe nur geträumt.»

«War es ein schöner Traum?»

Pia nickte, während sie zeitgleich gähnte und ihre Arme dehnte. «Ich habe von Freunden geträumt. Einer von ihnen war der Zauberer François. Und Popcorn gab es in meinem Traum auch. Magst du Popcorn?»

«Ich liebe Popcorn!» Conny legte ihre Hände übereinander gefaltet auf ihren flachen Bauch. «Ich mag vor allem das salzige.»

«Du bist eklig!» Salziges Popcorn hatte Pia nur einmal probiert. Sie hatte sie es ausgespuckt und den Geschmack mit einem halben Becher Cola weggespült.

«Kannst du mir süßes Popcorn besorgen?»

Conny überlegte kurz. «In der Mittagspause kann ich in das Kino zwei Straßen weiter gehen und eine kleine Tüte holen. Dort gibt es das beste!»

«Lieber einen großen Eimer!»

«Oder einen großen Eimer. Aber nur, wenn du mir versprichst, jetzt aufzustehen und zu frühstücken. Außerdem musst du mit mir teilen.»

Erst jetzt sah Pia das Tablett in Connys Händen. Sie hatte keinen Appetit auf das Brötchen, die Marmelade, die Butter und das Frühstücksei. Aber wenn sie erst etwas davon essen musste, um das Popcorn zu bekommen würde sie das auch tun.

«Versprochen.»

Conny stellte das Tablett ab und schenkte Kakao in die weiße Porzellantasse ein. Ihr Blick schweifte prüfend durch das Zimmer und blieb beim letzten verbliebenen der drei Luftballons hängen.

«Hast du den zweiten Luftballon auch fliegen lassen, oder ist er kaputt gegangen?»

Pia nahm die Tasse hoch. Normalerweise war der Kakao nur lauwarm. Aber heute fühlte sie bereits beim Berühren der Tasse, dass er noch heiß war. Sie pustete über seine Oberfläche und beobachtete die kleinen Wellen, die dabei entstanden.

So, überlegte Pia, mussten auch die Wellen am Meer aussehen, an dem sie noch niemals gewesen war. Aber vielleicht konnte sie mit ihrer Freundin, die sie bald haben würde, in den nächsten Ferien ans Meer fahren. Oder ihre zukünftige Freundin wohnte vielleicht sogar am Meer, in einem kleinen Backsteinhaus mit Holzdach und einem Raben auf dem Dach, der sie jedes Mal begrüßte, wenn sie nach Hause kamen. Pia nahm sich vor, besonders fest daran zu glauben.

«Er ist nicht geplatzt, sondern gestern auf seine Reise gegangen.»

«Zusammen mit einem deiner Wünsche?»

Pia nippte an der Tasse und lächelte geheimnisvoll.

«Was hast du dir denn gewünscht?»

«Das darf ich dir doch nicht sagen, sonst geht es nicht in Erfüllung.»

«Wenn das so ist ...» Conny drehte sich um und ging. Sie musste allen anderen Kindern auf der Station auch ihr Frühstück bringen. «Dann will ich es auch nicht wissen. Aber ich hoffe für dich, dass er in Erfüllung geht. Vielleicht sogar schon bis heute Mittag, wenn du dein Popcorn bekommst.»

8

Wütend warf Mali das Buch an die Wand, in dem sie zur Ablenkung lesen wollte. Wieder einmal hatten ihre Eltern keine Zeit für sie. Dabei hatte sie ihnen alles ganz genau erklärt. Immerhin gab es in dem Krankenhaus in der Stadtmitte ein einsames Mädchen, das den gleichen Wunsch hatte wie sie selber. Es war nur ein kleiner Satz, der auf der Karte stand:

Ich wünsche mir eine Freundin.

Eine Freundin, mit der sie Geheimnisse teilen und mit der sie gemeinsam ausreiten konnte.

«Du hast Freunde. Du brauchst diese Pia doch nicht», hatte ihre Mutter gesagt, als sie Malis Bitte, sie ins Krankenhaus zu fahren, ablehnte.

«Meine besten Freunde sind die Tiere vom Hof!» Das stimmte. Sie wollte auf keines der Tiere verzichten. Aber manchmal fühlte sie sich trotzdem einsam, wenn sie gerne über etwas reden wollte, worüber man mit den eigenen Eltern besser nicht sprach.

Zwar kannte sie einige Mädchen aus der Schule, mit denen sie sich manchmal in der Eisdiele traf. Aber eine wirkliche Freundin war nicht darunter. Keine von ihnen teilte Malis Leidenschaft für das Reiten und die Tiere vom Hof. Aber bei Pia war das anders. Mali spürte das. Und Rudi hätte ihr sonst nie den Ballon gebracht.

«Du kennst sie doch gar nicht. Vielleicht ist sie viel älter als du», hatte ihr Vater sich eingemischt.

Natürlich waren Mali und Pia sich bisher noch nie begegnet. Aber dagegen konnte sie etwas unternehmen. Sie musste Pia dazu nur besuchen.

Dann waren ihre Eltern aufgestanden, ohne den Streit mit ihr zu Ende zu führen. Sie hatten einfach über sie bestimmt und waren zu dem Schluss gekommen, dass es besser sei, den Kontakt mit Pia zu unterbinden.

Außerdem passte es nicht in ihren Terminkalender, Mali irgendwohin zu fahren. Ihre Mutter hatte Operationstermine und konnte ihre Patienten nicht warten lassen. Ihr Vater musste mit Cevap und Cici zu einem Filmset. Er hatte die beiden Katzen lange auf diesen Drehtag vorbereitet, an dem sie zwei Küken aus dem Nest auf einem brennenden Baum retten sollten.

Mali wollte davon nichts wissen. Entschlossen ging sie an ihren Schreibtisch und begann, ihren Rucksack zu packen. Sie wusste nicht, was Pia las. Also steckte sie zwei ihrer Lieblingsbücher ein, aber auch ein paar Comichefte.

Obwohl jedes Kind Süßigkeiten mag, gab es im Krankenhaus bestimmt keine, da sie viel zu ungesund waren. Trotzdem konnte ab und zu ein Stück Schokolade nicht schaden. Im Gegenteil. Irgendwo hatte Mali einmal gelesen, dass Schokolade sogar glücklich machte. Also packte sie ein paar Schokoriegel ein und verschloss dann den Rucksack.

Während sie die Treppe herunterging, tippte sie auf ihrem Handy eine Nachricht. Auch wenn sie noch immer sauer auf ihre Eltern war, sollten sie sich keine Sorgen machen, wenn sie nach Hause kamen und

Mali nicht wie erwartet über ihren Hausaufgaben brütete.

«Ich bin bei einer Freundin und um 16:00 Uhr zurück», hatte sie gerade eingegeben, als sie auf etwas Hartes trat und ins Straucheln geriet.

Es war nicht das erste Mal, dass sie über die Griechische Landschildkröte stolperte. Das Tier war solche Störungen gewohnt und setzte unbeirrt seinen Weg fort, als Mali plötzlich die Idee hatte, Panzer mitzunehmen. Schnell ergänzte sie die SMS mit «Habe Panzer dabei». Dann schickte sie die Nachricht ab und verstaute Panzer im Rucksack.

Der Hof lag nur fünf Kilometer von der Stadtgrenze entfernt, aber trotzdem abgelegen genug um von Bus und Bahn abgeschnitten zu sein. Wenn ihre Eltern sie nicht mit dem Auto fuhren, blieb ihr nur ihr Fahrrad, auch wenn das im Winter und bei verschneiten Straßen alles andere als optimal war.

Mali stülpte ihren Helm über, setzte sich auf ihr Mountainbike und fuhr los. Sie würde sicherlich eine Stunde bis zum Krankenhaus benötigen. Glücklicherweise kannte sie den Weg. Es war noch kein Jahr vergangen seit ihrem Reitunfall. Ihre sonst so zahme und gutmütige Stute hatte sich erschrocken und aufgebäumt. Mali wusste heute noch nicht den Grund dafür, was aber auch nichts geändert hätte.

Sie konnte sich nicht mehr festhalten und stürzte. Glücklicherweise hatte sie ihren Helm auf. Außer einigen blauen Flecken und einem Brummschädel war ihr nichts passiert. Trotzdem hatten ihre Eltern sie ins Krankenhaus gebracht, wo sie dann auch für ein paar Tage bleiben musste. Es war das gleiche Krankenhaus gewesen, in dem nun Pia auf sie wartete.

Mali trat stärker in die Pedale. Ihr war damals schrecklich langweilig gewesen. Pia ging es bestimmt nicht besser. Aber lange sollte sie nicht mehr allein sein.

9

Die Glastür, die zur Kinderstation des Krankenhauses führte, war gesichert, damit keiner der kleinen
Patienten die Station unbemerkt verlassen konnte.
Wenn die Erwachsenen auf einen Schalter drückten,
ertönte für ein paar Sekunden ein Summton, während
dessen man die Tür öffnen konnte.

Pia wartete in der Spielecke. Ihr Leben bestand
nur aus Warten seit sie in diesem Gebäude eingesperrt
war. Natürlich hatte man ihr erklärt, dass es zu ihrem
Besten wäre, weil man ihr nur hier helfen könne. Aber
sie fühlte sich trotzdem gefangen im Krankenhaus und
den Routinen, die es hier gab. Aufstehen, Frühstück,
Untersuchungen und Behandlungen, Mittagessen,
Arztvisite, Besuchszeit, Abendessen, Schlafen.

Zwischendrin wartete Pia auf Abweichungen von
diesem Tagesablauf. Aber die einzige Abwechslung
bestand zu oft nur im wechselnden Fernsehprogramm
und dem Besuch der Krankenhausbibliothek, die
dreimal in der Woche für wenige Stunden geöffnet
hatte.

Bei jedem Summton zuckte ihr Kopf hoch. Immerhin erwartete sie gleich zwei Abwechslungen:
Popcorn und eine Freundin, die sie zwar noch nicht
kannte, aber an deren Kommen sie nicht zweifelte.

Auf dem Tisch vor ihr lag ein Zeichenblock. Sie
hatte schon immer gerne gemalt. Aber in den vergangenen Wochen und Monaten wurde es mehr als nur

eine Freizeitbeschäftigung. Das Papier war für sie ein Fenster in eine andere Welt. Sie malte dann Drachen, Elfen, Zwerge und andere Fantasiefiguren in einer Landschaft aus Wäldern, Bergen und Seen.

Manchmal ersetzte der Zeichenblock aber auch ein Tagebuch, wie es viele ihrer Altersgenossinnen führten. Sie zeichnete lieber, als dass sie schrieb. Die Bilder zeigten dann Situationen, die sie erlebt oder gesehen hatte. Jedes Bild datierte sie und sammelte sie in einer speziellen Mappe, in die nur sie hineinschauen durfte. Ein Tagebuch durfte auch nicht jeder lesen.

Das Bild, das sie gerade malte, beschrieb ihren Traum der vergangenen Nacht. Die Manege und mittendrin die Direktorin hatte sie bereits fertig. Ebenso den Popcornautomaten und den Zauberer. Beide hatte sie relativ klein im Hintergrund platziert. Den Clown wiederum hatte sie an den Rand gemalt, dafür war er sehr groß. Bunte Ovale am oberen Bildrand symbolisierten die Luftballons. Sie wollte gerade mit dem Dompteur und den Löwen beginnen, als sich jemand neben sie setzte.

«Das ist ein schönes Bild. Bin ich das?»

Eine Hand in einem weißen Handschuh fuhr über das Papier und tippte mit dem Zeigefinger auf den Kopf des Clowns.

Pia hatte die Tür nicht Summen gehört, bevor Pepe sich zu ihr gesetzt hatte.

«Nein», antwortete Pia. «Du bist das nicht. Auch wenn er dir ähnelt, ist er nicht wie du. Er ist nur eine Traumfigur. Dich kann ich anfassen. Und du kannst mir Wünsche erfüllen.»

Pepe grübelte über ihre Bemerkung nach. Dann riss er seine Lippen zu einem breiten Grinsen auseinander.

«Du wünschst dir Blumen! Alle Mädchen mögen Blumen. Sie bringen Farben und Freude in unser Leben! Glücklicherweise habe ich eine dabei!»

Pepe griff in seinen Mantel, hielt aber nur ein Streichholz in der Hand, das ungefähr so lang wie Pias Unterarm war.

«Das ist keine Blume.»

Pepe schüttelte den Kopf. «Manchmal sieht man nicht alles, sondern nur eine äußere Hülle, in der sich etwas Besonderes, etwas Einzigartiges, versteckt.»

Pepe zog das Streichholz mit einer fließenden Bewegung über die Tischplatte, auf der Pias Bild lag. Es fing sofort Feuer. Erschrocken wich Pia einige Zentimeter zurück, da die Flamme heller leuchtete als sie erwartet hatte und sie blendete.

Pepe wedelte zweimal mit seiner Hand. Das Feuer verlosch, und nun hielt er tatsächlich eine weiße Rose zwischen seinen Fingern.

«Beeindruckend», sagte Pia. «Aber ich wünsche mir keine Blumen.»

Sie lächelte den Clown an, der ein ratloses Gesicht machte und mit einer Geste seine geschminkte Träne trocknete.

«Ich brauche auch keines deiner Ballontiere. Du hast mir mit den Wunschballons schon genug geschenkt.»

Pepe setzte sich aufrecht hin. «Du hast einen fliegen lassen?»

«Ja», flüsterte Pia.

«Und dein Wunsch ging in Erfüllung?»

«Ja. Aber ich verrate dir nicht, wie!» Pia presste ihre Lippen aufeinander, damit kein weiteres verräterisches Wort sich durch sie hindurchzwängen konnte. Manchmal redete sie und merkte erst danach, was sie alles gesagt hatte. Das sollte ihr diesmal nicht passieren.

«Dann glaub auch an deine anderen Wünsche. Vielleicht erfüllen sich dann auch diese.»

«Pepe!»

Es hatte lange gedauert, bis eines der anderen Kinder den Clown entdeckt hatte. Kaum war der Schrei verklungen, trampelten unzählige kleine Füße auf dem Boden. Lars, das Nesthäkchen unter den Patienten, stürmte als Erster auf Pepe zu. Dieser schaffte es gerade noch aufzustehen, als er auch schon von allen Seiten bedrängt wurde.

«Ich will eine Giraffe!»

«Ein Krokodil!»

«Erst einen Bären! Ich will einen Bären!»

Pepe lachte und kam den Forderungen nach Luftballonfiguren nach.

Pia ging in ihr Zimmer. Dort konnte sie in Ruhe warten, bis ihr zweiter Wunsch sich erfüllte.

10

Conny widerstand der Versuchung, in den Eimer zu greifen und etwas von dem duftenden Popcorn in ihren Mund zu stecken, auch wenn es gesüßt und nicht gesalzen war. Aber es sollte Pia schmecken, und nicht ihr. Wahrscheinlich würde sie später gemeinsam mit Pia auf dem Flur von Station 33 sitzen und aus dem Eimer naschen.

Es waren nur fünf Minuten Fußweg vom Kino zum Krankenhaus. Aber bei dem heutigen Wetter konnte auch diese kurze Strecke zu einem langen Weg werden. Kälte nagte überall an ihr, wo keine dicken Kleider sie schützten. Conny hatte ihre Handschuhe vergessen und umklammerte mit beiden Händen den Eimer. Sie genoss nicht nur den Geruch, sondern auch die Wärme, die das Popcorn abstrahlte.

Der Schneefall war stärker geworden. Die Fußstapfen, die sie beim Verlassen des Krankenhauses im weißen Pulverschnee hinterlassen hatte, waren bereits wieder zur Hälfte von Neuschnee gefüllt. Windböen trieben Conny die stecknadelkopfgroßen Kristalle ins Gesicht. Um sich davor zu schützen, senkte sie den Blick nach unten. Es waren nur noch wenige Meter bis zur Drehtür.

Conny war Krankenschwester aus Überzeugung, da sie Menschen helfen wollte. Für ein Medizinstudium reichten ihre Schulnoten nicht. Einen Ausbildungsplatz hatte sie aber schnell bekommen. Eine Anstellung nach dem bestandenen Examen zu ergattern, war wiederum schwieriger gewesen. Die Stelle auf der Kinderstation war die einzige, die sie zur Auswahl hatte und die mit jedem Tag zu einer noch größeren Herausforderung wurde. Glücklicherweise hatten die meisten Kinder sich nur einen Arm oder ein Bein beim Spielen gebrochen oder hatten eine Blinddarmentzündung und kamen sehr schnell wieder nach Hause.

Einige Kinder waren schwerer erkrankt. Sie hatten angeborene chronische Erkrankungen, an denen sie ihr ganzes Leben litten. Andere hatten Krebs. Diese Kinder brauchten nicht nur Medikamente, sondern auch Kraft, Unterstützung und Mut. Conny versuchte ihnen genau das zu vermitteln. Aber auch sie brauchte Mut, um jeden neuen Tag durch die Drehtür zu gehen mit der Angst, von einer schlechten Nachricht empfangen zu werden. Wer machte ihr Mut?

In ihren Gedanken versunken, bemerkte sie das Fahrrad erst, als es bereits zu spät war. Es prallte an ihren Oberschenkel. Das Kind konnte den Schlag nicht mehr ausbalancieren und fiel mitsamt Rad in den Schnee.

Conny machte einen ausgleichenden Schritt nach rechts. Sie konnte stehen bleiben, doch durch die Wucht des Zusammenstoßes fiel ihr der Pappeimer aus der Hand.

«Tut mir leid, ich habe Sie nicht gesehen!»

Erst jetzt bemerkte Conny das im Schnee sitzende Mädchen. Mit einer Hand rieb sie sich das linke Knie. Mit der anderen versuchte sie das Fahrrad von sich wegzuschieben, unter dem noch immer ihr rechtes Bein lag.

«Ich habe genauso wenig auf meinen Weg geschaut wie du.»

Conny hob das Fahrrad an. Es war erstaunlich leicht. Dann fielen ihr die fehlenden Schutzbleche, Katzenaugen und Lichter auf.

«Mit dem Rad solltest du besser nicht auf der Straße fahren. Am Ende hält dich noch ein Polizist an und lässt dich schieben.»

Als das Mädchen wieder auf seinen Beinen stand, klopfte es sich den Schnee von den Kleidern, bevor es Conny antwortete.

«Ich weiß. Aber ich muss unbedingt zu einer Freundin, und niemand konnte mich fahren.»

Das Mädchen bückte sich und rieb erneut ihr Knie.

«Hast du dich verletzt?» Conny klang besorgter als sie war. Die Körperhaltung des Mädchens sagte ihr, dass sie im schlimmsten Fall eine Prellung davongetragen hatte.

«Nein, mir geht es gut. Aber um Ihr Popcorn tut es mir leid.»

«Das ist nicht schlimm. Ich gehe einfach ins Kino zurück, um einen neuen Eimer zu kaufen. Pia wartet darauf.»

Das Mädchen drehte seinen Kopf und blickte Conny mit großen Augen an.

«Du kennst Pia?»

«Ja. Also, wenn es dieselbe Pia ist, von der wir sprechen, dann kenne ich sie.»

«Dann kannst du mir auch sagen, wo ich sie finde.» Das Mädchen redete so schnell, dass es Conny schwer fiel, ihr zu folgen. « Ich war einmal als Patientin hier, aber heute will ich ja Pia besuchen. Ich weiß aber nicht, wo ihr Zimmer ist. Außerdem kenne ich Pia gar nicht. Also ich kenne sie noch nicht. Aber sie hat mir geschrieben, dass sie mich kennenlernen will. Eigentlich hat sie nicht mir geschrieben, sondern Rudi hat die Karte mitgebracht, als er wieder nach Hause gekommen ist.»

Conny hielt lachend ihre linke Hand hoch. Mit den Fingerspitzen der rechten Hand tippte sie in die Handfläche ihrer Linken. «Auszeit», sagte sie lachend. «Jetzt fang noch mal von vorne an. Aber langsam und so, dass ich es verstehen kann. Und in der Zwischenzeit können wir auch neues Popcorn holen.»

Conny wartete, bis das Mädchen sich beruhigt und einige Male tief Luft geholt hatte. «Also. Wie heißt du?»

«Mali.»

«Und wer ist Rudi?»

Mali achtete darauf, langsam zu reden. Als sie vor dem Popcornautomat standen, hatte sie Conny alles erzählt.

11

Pia betrachtete sich im Spiegel. Zum ersten Mal seit langem hatte sie ihre Lieblingsjeans angezogen. Sie war ihr jetzt etwas zu weit. Seit der Diagnose hatte Pia drei Kilogramm abgenommen, und die Hose rutschte nach unten. Ein rotes Halstuch, zusammengerollt und durch die Gürtelschleifen gezogen, sollte das verhindern. Pia zupfte das gleichfarbige Shirt und die schwarze Bolerojacke zurecht. Auch sie waren etwas zu weit.

Hübsch aussehen wollte sie, wenn es endlich soweit war und ihre neue beste Freundin vor ihr stand. Auf gar keinen Fall wollte sie krank wirken.

Sie nahm die Bürste, legte den Kopf etwas zur Seite und genoss jeden Zentimeter, den die Kunststoffborsten durch ihre Haare zogen und sie glätteten.

Als es an der Tür klopfte, legte Pia die Bürste hin und drehte sich um. Dabei rief sie: «Herein!»

Conny trat ein. Über ihrer Krankenhauskleidung trug sie einen schwarzen Mantel, der ebenso durchnässt war wie ihre Haare. In jeder Hand hielt sie einen Eimer Popcorn.

«Ich hatte es unter meinem Mantel. Es müsste sogar noch warm sein!»

«Du hast dich hoffentlich nicht wegen mir erkältet.» Pia stellte sich vor, wie unangenehm sich der nasse Mantel und die tropfenden Haare anfühlen mussten. «Möchtest du dich föhnen?»

Conny schüttelte den Kopf. «Essen wir erst mal das Popcorn.»

Pia ging zu Conny und nahm ihr einen der Pappeimer ab. Bereits auf dem Weg zum Bett schob sie sich die ersten aufgeplatzten Maiskörner in den Mund.

Sie setzte sich im Schneidersitz aufs Bett. Den Eimer stellte sie zwischen die Beine. Zu Hause hatte ihre Mutter es ihr strengstens verboten, im Bett zu essen. Pia liebte es, in weichen Kissen oder Decken einzusinken und dabei Süßigkeiten zu naschen. Sie hielt sich deshalb nicht an das Verbot ihrer Mutter, sondern aß im Bett, wenn sie alleine war.

Das Popcorn war tatsächlich noch warm. Zudem war es nicht einfach gezuckert, sondern trug auf seiner Oberfläche eine dünne Schicht Karamell. Es knackte kurz, wenn Pia darauf biss. Danach entfaltete es seine komplette Süße.

«Magst du nichts essen?»

Conny stand noch immer nahe der Tür, den zweiten Pappeimer in den Händen.

«Ich habe keinen Hunger. Zuerst muss ich aus den nassen Kleidern raus. Außerdem ist meine Mittagspause gleich vorbei und ich muss wieder arbeiten.»

Pia war enttäuscht. Sie hatte auf etwas Gesellschaft gehofft.

«Außerdem», fügte Conny hinzu, «ist der zweite Eimer gar nicht für mich, sondern für jemanden, den ich auf der Straße getroffen habe und der draußen wartet.»

Geheimnisvoll lächelnd öffnete Conny die Tür und trat einen Schritt zur Seite. Jetzt trat ein Mädchen langsam und unsicher in die Tür. Sie war ungefähr in Pias Alter. Der Pony ihrer roten Haare reichte bis zu ihren Augen. Sommersprossen zierten die Wangen und den Rücken der schmalen, aber langen Nase.

Das Mädchen versteckte sich hinter einem Rucksack, den sie mit beiden Händen umklammerte und vor ihrem Bauch trug statt auf dem Rücken.

«Ich bin Mali», sagte das Mädchen.

Pia strahlte, bis ihr einfiel, dass sie sich selbst auch noch vorstellen musste. «Ich bin Pia.»

Connys Blick wanderte zwischen den Mädchen hin und her. Dann lachte sie. «Ich lasse euch dann mal alleine, damit ihr euch kennen lernen könnt.»

Dann ging sie, und Pia und Mali waren unter sich.

12

Die Mädchen wechselten keine Worte, nur Blicke.

Dann setzte sich Mali zu Pia aufs Bett. Ihren Popcorneimer stellte sie neben den von Pia und schob eine ganze Handvoll Popcorn auf einmal in den Mund. Sie begann zu reden, bevor sie geschluckt hatte.

«Rudi hat mir den Ballon gebracht, an dem deine Karte hing. Kennst du Rudi?»

«Den Raben?»

«Ja. Der tollste Rabe, den du dir vorstellen kannst. Ich habe ihn, seit er ein Küken war. Er kann zählen. Ich habe ihm sogar beigebracht verstecken zu spielen.»

«Ich habe ihn Frodo genannt wegen dem Ring an seinem Fuß. Wusstest du, dass er auch mit Luftballons spielen kann? Er fängt sie ein und bringt sie zurück.»

Eine Bewegung von Malis Rucksack lenkte Pia ab. Erst dachte sie, dass sie sich getäuscht hatte. Aber es erschien nochmals eine kleine Beule in dem grünen Stoff, blieb eine Sekunde stehen, wanderte zum anderen Ende des Rucksacks und verschwand wieder.

«Hast du da was drin?»

Zur Antwort öffnete Mali den Reisverschluss. «Ich dachte mir, ich muss ja irgendwann nach Hause fahren, und du bist dann wieder alleine hier.» Mali drückte mit einer Hand den Stoff des Rucksacks nach unten. «Aber Panzer kann bei dir bleiben und mit dir spielen, wenn ich nicht da bin. Es wird dir dann nicht langweilig.»

Die Schildkröte hatte sich komplett ihn ihr schützendes Haus zurückgezogen. Langsam streckte sie ihren Kopf aus und taxierte die unbekannte Umgebung. Dann folgten ihre kräftigen, faltigen Beine, mit denen sie sich aus dem Rucksack herausarbeitete und ihren Körper zu Pia hin schob. Wenige Zentimeter vor Pia blieb sie stehen und reckte den Kopf nach vorne. Sie öffnete das Maul und fasste mit den zahnlosen Kiefern eines der Maiskörner, das auf das weiße Bettlaken gefallen war. Genussvoll zerrieb sie es.

«Ich wusste gar nicht, dass Schildkröten auch Popcorn fressen!» Pia lachte.

«Panzer frisst so einiges, was er besser nicht fressen sollte. Er läuft bei uns frei im Haus herum und findet dabei alles Mögliche auf dem Boden.»

Nachdem Panzer fertiggekaut und das Popcorn geschluckt hatte, schob er sich noch ein Stück nach vorne. Mit seinen Vorderbeinen versuchte er, sich an einem der beiden Pappeimer hoch zu stemmen. In dem Moment, in dem er über den Rand hinwegblicken konnte, kippte er um und landete hilflos auf seinem Rücken.

Die Kinder lachten so laut, dass man es noch vor der Tür, im Schwesternstützpunkt und sogar am Eingang von Station 33 hören konnte.

13

Pias Mutter drückte auf den Knopf mit der Drei. Die Türen schlossen sich. Dann setzte sich der Aufzug in Bewegung. Das E über der Schiebetür verlosch und die Eins leuchtete auf. Der Aufzug hielt. Zwei junge Männer in Arztkitteln stiegen zu und im zweiten Stock wieder aus.

Pias Mutter hätte ihnen beinahe hinterhergerufen, dass man ein einzelnes Stockwerk auch laufen könne. Sie hatte sich verspätet und war deshalb schlecht gelaunt. Aber die beiden Ärzte waren nicht schuld daran, dass sie länger in ihrem Musikgeschäft arbeiten musste, weil ihre Vertretung sie im Stich gelassen hatte. Sie konnte die Ärzte auch nicht verantwortlich machen für den Schneefall und den Stau. Wenn überhaupt jemand an dem winterlichen Verkehrschaos schuld war, dann die Stadt, die es wieder nicht geschafft hatte, die Straßen frei zu halten.

Endlich hatte sie den vierten Stock erreicht. Barbara griff das schwarze Köfferchen, das sie neben sich abgestellt hatte. Als Barbara den Aufzug verließ, kam ihr ein Clown entgegen. Er grüßte sie freundlich und stieg in den Aufzug. Barbara hatte bereits Fotos von Krankenhausclowns gesehen, war aber bisher noch nie einem begegnet.

Pia hatte vor einiger Zeit mit dem Geigespielen begonnen. Anfangs war ihr Enthusiasmus groß gewesen. Mit der Zeit wurden andere Dinge wichtiger, und

Pias Ehrgeiz nahm ab. Sie spielte immer weniger, am Schluss lag ihre Geige nur noch in ihrem Zimmer herum. Dann kam die Krankheit. Aber nun hatte sie ja wieder genug Zeit zum Üben.

Aus ihrem Musikgeschäft hatte Barbara eine elektrische Geige mitgebracht. Mit einem Kopfhörer ausgestattet sollte es auch in einem Krankenhaus kein Problem wegen der Lautstärke geben. Ihr selbst hatte Musik immer gut getan, wenn sie sich nicht wohl fühlte. Wieso sollte das bei ihrer Tochter anders sein?

Barbara ging über den Flur von Station 33, passierte das Schwesternzimmer und die vielen Türen mit den Tierbildern. Vor der Tür mit der gelbbraunen Giraffe blieb sie stehen und fasste den Griff, ohne ihn herunterzudrücken.

Kindergelächter drang durch die Tür. Barbara konnte die Stimmen von zwei Kindern unterscheiden. Eine davon war die Stimme von Pia, die andere war Barbara unbekannt, was ihre Neugierde nur steigerte.

Sie öffnete die Tür. Noch bevor sie die Szene in Pias Zimmer überblickt hatte, flog ihr ein Kissen entgegen und traf sie auf ihrer Brust.

«Tür zu! Das ist heute eine erwachsenenfreie Zone!», rief die unbekannte Stimme.

«Genau!», pflichtete ihr Pia bei.

Barbara zog die Tür wieder zu. Fassungslos stand sie im Flur und blickte Conny entgegen, die auf sie zukam.

«Machen Sie sich keine Sorgen. Pia geht es so gut wie schon lange nicht mehr. Sie hat Besuch von einer Freundin, auf die sie sehr lange gewartet hat. Lassen Sie die beiden heute unter sich.»

In Barbaras Gesicht standen viele Fragen geschrieben.

«Kommen Sie mit», schlug Conny vor. «Ich werde ihnen alles erzählen.»

14

Pia begleitete ihre neue Freundin in die Empfangshalle. Den ganzen Nachmittag über hatten sie gespielt und gelacht. Gegen Ende, als sie beide hungrig wurden, teilten sie sich Pias Abendessen.

Pia mochte keine Abschiede, auch wenn sie wusste, dass dieser nur für kurze Zeit war, denn Mali hatte ihr versprochen, sie wieder zu besuchen. Außerdem war immer noch Panzer in ihrem Zimmer, den Mali sicherlich irgendwann zurück haben wollte.

Mali hatte bereits den Reißverschluss ihrer Jacke zugezogen und versuchte nun mit leicht verdrehtem Kopf die Plastikschnalle ihres Helms unter dem Kinn zu schließen.

«Du bist wirklich mit dem Fahrrad gefahren? Bei dem Wetter?»

Pia schaute an Mali vorbei durch die für einen kurzen Moment offen stehende Schiebetür. Die Fußgänger sanken mittlerweile knöcheltief im Schnee ein. Zwar hatte der Wind etwas nachgelassen, aber noch immer schwebten Schneeflocken in den Lichtkegeln der Straßenlaternen herab.

«Möchtest du nicht deine Eltern anrufen, damit sie dich abholen?»

Mali dachte kurz über den Vorschlag nach, dann schüttelte sie ihren Kopf. Es war bereits dunkel, aber immer noch zu früh, als dass ihre Eltern Zeit für sie hatten. Mittwoch war der lange Arbeitstag ihrer Mutter. Sie war bis mindestens acht Uhr in ihrer Praxis und kam vor neun nie nach Hause. Und ihr Vater hatte angekündigt, dass er nach dem Drehtag noch mit dem Produzenten über weitere Projekte sprechen wollte.

«Nein, ich bin mit meinem Rad hergekommen, dann fahre ich auch wieder damit nach Hause.» Mali zog sich trotzig ihre Handschuhe über. Dann umarmte sie Pia.

«Versprich mir, dass du ganz schnell gesund wirst und hier raus kommst. Dann kannst du mich auch auf unserem Hof besuchen.»

Nachdem Pia ihre Antwort geflüstert hatte, löste Mali die Umarmung, drehte sich um und ging. «Pass gut auf Panzer auf und gib ihm nicht nur Popcorn zu essen!», rief sie zurück. Dann schloss sich die Tür hinter ihr.

15

Als Pia den Kiosk im Erdgeschoss betrat, war dieser von Kunden überfüllt. Einige hielten Zeitschriften oder kleine Plastikflaschen in den Händen, um sie an der Kasse zu bezahlen. Andere warteten von einem Fuß auf den anderen tretend darauf, endlich ihre Bestellung an die Verkäuferin weitergeben zu können. Pia stellte sich hinten an. Sie wartete, bis der erste Kunde sein Kleingeld passend abgezählt, es in eine Plastikschale auf dem Tresen gelegt und anschließend zwei grün-weiße Pappbecher entgegengenommen hatte.

Hinter vorgehaltener Hand hustete Pia zweimal. Als niemand reagierte, hustete sie nochmals, diesmal lauter. Die Frau vor ihr drehte sich um und schaute sie von oben herab an.

Pia versuchte kränker auszusehen, als sie sich fühlte. Sie presste die Lippen zu zwei dünnen Strichen aufeinander. Dazu verschloss sie ihre Augen halb und starrte zum Boden. Noch ein weiteres Mal hustete sie, wobei sie diesmal ihre Hand gegen den Bauch drückte.

«Fühlst du dich nicht wohl? Hast du Fieber? Dann gehörst du ins Bett», sagte die Frau.

«Ich weiß.» Es war gar nicht so schwer, sich krank anzuhören. Pia musste nur leise genug sprechen und zwischen den einzelnen Wörtern längere Pausen machen, um neue Kraft zu sammeln. «Aber ich habe doch solchen Hunger …»

In der Zwischenzeit hatte ein weiterer Kunde eine Bestellung abgeschlossen und biss beim Weggehen in eine Brezel.

«Dann geh schon vor. Ich habe genug Zeit, weniger Hunger als du und vor allem bin ich gesünder.»

Pia murmelte ein leises Dankeschön und ging einen Platz weiter.

«Lasst doch das Mädchen vor. Ihr geht es nicht gut.»

Pia konnte ihr Glück kaum glauben, aber tatsächlich traten nach Aufforderung der Frau alle vor ihr einen Schritt zur Seite und ließen sie zum Tresen vorgehen. Pia bedankte sich artig bei jedem, musste sich aber gleichzeitig ein Lächeln verkneifen. Vielleicht sollte sie später einmal Schauspielerin werden. Wenn sie so glaubwürdig spielen konnte, musste sie begabt sein.

«Was soll's denn sein, junge Dame?»

Pia deutete auf eines der Brötchen, die hinter einer Glasscheibe auf Porzellantellern ausgelegt waren.

«Könnten Sie mir noch ein paar Salatblätter mehr darauf legen, bitte? Dr. Weis hat gesagt, ich soll viel Salat essen.» Natürlich hatte er das nicht gesagt. Trotzdem packte die Frau noch einige Blätter dazu, steckte das Brötchen in eine Papiertüte und reichte sie Pia. Nachdem sie bezahlt hatte, bedankte sie sich nochmals bei allen und ging.

Das erste Stück des Weges legte sie langsam und mit kleinen Schritten zurück. Als sie vom Kiosk aus nicht mehr gesehen werden konnte, rannte sie los.

Panzer hatte sicherlich Hunger und sollte nicht noch länger auf seinen Salat warten.

16

Pia war außer Atem, als sie in ihrem Zimmer ankam. Es war immer noch eine große Anstrengung für sie, eine lange Strecke zu rennen. Auch wenn es ihr wieder leichter fiel als zu Beginn der Leukämie.

Pia schloss die Tür, dann lief sie zum Kleiderschrank und öffnete ihn langsam, um Panzer nicht zu erschrecken. Vorwurfsvoll blickte er ihr mit seinem faltigen Gesicht entgegen, als wollte er sie fragen, warum sie ihn alleine gelassen hatte.

«Ich kann dich doch hier nicht überall hin mitnehmen. Ich habe dir aber etwas mitgebracht.»

Die Papiertüte raschelte, als Pia das Brötchen aus ihr herausholte. Die Salatblätter legte sie vor Panzer auf den Boden.

Die Schildkröte trottete auf ihren krummen Beinen sofort los.

«Du kannst nicht nur Popcorn naschen. Das ist ungesund. Du brauchst viel mehr Obst und Gemüse. Aber ich passe in Zukunft darauf auf, dass du nicht nur Süßigkeiten bekommst.»

Panzer fraß ungerührt weiter.

«Wenn der Clown das nächste Mal kommt, zeige ich ihn dir. Meistens kommt er nur in die Spielecke und zeigt dort Zaubertricks oder verdreht Luftballons zu lustigen Tieren. Ich wickle dich dann in eine Decke, damit dich niemand sieht und nehme dich mit.»

Mit ihrer Hand strich Pia zunächst sanft über Panzers Rücken. Dann klopfte sie mit ihren Fingerspitzen gegen das harte Schildkrötenhaus. Panzer ließ sich davon nicht stören.

«Ohne den Clown hätte ich weder Frodo noch Mali oder dich kennen gelernt. Die Ballons sind tatsächlich Wunschballons. Alles was ich mir gewünscht habe, hat sich erfüllt. Und mein letzter Wunsch geht auch in Erfüllung.»

Pia stand auf, holte die dritte Karte und den Kugelschreiber vom Tisch und setzte sich damit wieder vor Panzer auf den Boden.

Sie betrachtete den Engel auf der Vorderseite der Postkarte.

Er trug ein langes, weißes Kleid. Seine goldenen Flügel und sein Heiligenschein überstrahlten die Sterne über ihm. In den Händen hielt er eine Posaune, in die er mit runden Wangen hineinblies.

Pia drehte die Karte um und schrieb ihren dritten Wunsch auf.

«Ich möchte wieder gesund werden.»

Dann band sie die Karte an den letzten der drei Wunschballons und ging zum Fenster. Sie konnte es kaum erwarten, den Ballon loszulassen und ihm bei seinem Flug nachzuschauen. Vielleicht würde der Ballon mit ihrem Wunsch ja einem Engel begegnen, der sie gesund machen konnte - einem Engel der genauso aussah wie der auf der Postkarte.

Noch bevor sie das Fenster öffnete, wurde die Tür aufgerissen. Conny stand im Türrahmen. Pia sah, wie schwer es der Krankenschwester fiel, Tränen zu unterdrücken.

Menschen sprechen immer sehr leise, wenn sie eine schlechte Nachricht schonend überbringen möchten. Sie flüstern, so dass nur sie selber alles verstehen können, ohne angestrengt hinhören zu müssen. Ihre Mutter hatte damals mehr mit sich als mit Pia gesprochen. Und der Arzt hatte sowieso nur mit ihren Eltern, aber nicht mit ihr geredet.

Auch Conny sprach nun sehr leise.

«Es ist etwas passiert ... Ein Unfall ... Mali ...»

Pia ließ vor Schreck den Ballon los, der lautlos bis zur Decke flog.

17

Pia begleitete Conny durch einen der unzähligen Korridore, die für Patienten und Besucher normalerweise verschlossen blieben. Es gab keine Fenster. Neonleuchten und in die Decke eingelassene Ventilatoren sorgten für Licht und frische Luft.

Conny redete normalerweise immer gerne und viel. Pia hatte sie noch nie so still erlebt wie in den vergangenen zehn Minuten.

Auch Pias Beine zitterten bei jedem Schritt.

Dann versperrte ihnen eine weiße Flügeltür mit der Aufschrift OP den Weg. Conny tippte auf einer Tastatur neben der Tür einen Zahlencode ein. Ein Piepton begleitete jeden Tastendruck. Nach der fünften Zahl hörte Pia ein lautes Knacken und die beiden Türflügel schwangen zeitgleich auf.

Dahinter standen an der rechten Seite fünf Plastikstühle. Auf dem äußersten saß eine Frau. Mit herabhängendem Kopf blickte sie auf ihre Hände, während sie mit Daumen und Zeigefinger stetig den Goldring an ihrem linken Ringfinger drehte. Ihre Beine hatte sie nicht damenhaft übereinander geschlagen, sondern verkrampft gegeneinander gepresst.

So, war Pias erster Gedanke, sieht Einsamkeit aus.

Conny musste die Frau nicht vorstellen. Die Ähnlichkeit mit Mali war nicht zu übersehen. Sie hatte ebenso rote Haare, eine schmale, lange Nase sowie Sommersprossen, davon aber deutlich mehr als Mali.

«Können Sie mir schon etwas sagen?» Die Stimme klang überraschend ruhig, weder ängstlich noch aufgeregt.

Conny schüttelte den Kopf. «Leider nein. Aber ich kann in den OP gehen und einmal nachschauen, wie lange sie noch brauchen.»

Conny ging weiter den Korridor entlang und verschwand durch eine Flügeltür, die sich automatisch vor ihr öffnete und hinter ihr wieder schloss.

Pia blieb zurück. Sie zögerte zunächst, setzte sich dann aber neben Malis Mutter.

«Ich bin Pia.» Sie wusste nicht, was sie sagen sollte, um das Schweigen zu brechen und dadurch die unerträgliche Wartezeit zu verkürzen. Aber es erschien ihr logisch, sich erst einmal vorzustellen. «Wegen mir war Mali hier.»

Malis Mutter antwortete, ohne Pia dabei anzusehen. «Du kannst Annika zu mir sagen. Malis Freundinnen nennen mich alle bei meinem Vornamen. Und du gehörst doch sicherlich zu ihren Freundinnen.»

Pia wunderte sich über Annikas Offenheit. Ihre eigenen Eltern waren konservativer. Sie duzten sich nur mit ihren besten Freunden. Pias Freunde nannten sie alle nur Herr und Frau Stehle. Und bis sie jemandem das Du anboten, mussten Jahre der Bekanntschaft vergangen sein. Entsprechend distanziert waren sie oft gegenüber Pias Freundinnen gewesen.

«Mali war hier, weil sie mich besucht hat. Ich glaube, ich bin schuld, dass sie jetzt dort drinnen liegt.»

Annika blickte Pia erschrocken an. Erst jetzt fielen Pia die geröteten Augen auf. Hinter der Fassade einer professionellen Medizinerin war sie auch nur eine Mutter, die um ihr Kind weinte.

«Nein. Das darfst du nicht denken. Niemals. Dich trifft keine Schuld. Vorwürfe muss sich der Autofahrer machen, der seine mit Eis beschlagene Windschutzscheibe nicht freigekratzt hat und Mali nicht sehen konnte. Vorwürfe muss ich mir machen, weil ich nicht mehr Zeit für Mali hatte, als sie mich danach fragte. Und Vorwürfe muss auch Mali sich machen, die ohne Licht an ihrem Fahrrad gefahren ist, obwohl sie wusste, dass sie im Dunkeln kaum zu erkennen war. Du bist die Einzige, die keine Schuld trifft.»

Pia lehnte sich zurück. Trotz Annikas Erklärung fühlte sie sich keineswegs besser. Gemeinsam schwiegen sie und warteten darauf, dass sich die OP-Tür öffnete und der Überbringer einer guten oder schlechten Nachricht aus ihr herauskam.

Jede lange Sekunde quälte Pia und machte ihr bewusst, wie hilflos sie war.

«Das Schlimmste ist noch nicht einmal das Warten.» Pia war sich nicht sicher, ob Annika zu ihr oder sich selbst sprach. «Ich habe schon sehr oft gewartet. Man gewöhnt sich daran und lernt die Zeit zu nutzen, die sonst unnütz verstreichen würde. Früher habe ich gelesen. Heute schreibe ich SMS oder E-Mails. Kannst du dir vorstellen, wie Smartphones unser Verhalten verändert haben? Wahrscheinlich nicht, weil du zu jung dafür bist.

Viel schlimmer ist es, nichts tun zu können für das eigene Kind. Einfach nur hier zu sitzen bis endlich jemand aus dem OP kommt und mir sagt, wie es Mali geht.»

Pia dachte über das nach, was Malis Mutter ihr erklärt hatte. Dann stand sie auf. «Vielleicht kann ich doch etwas für Mali tun. Sie wird wieder ganz gesund. Ich bin mir ganz sicher.»

Die ersten Schritte lief sie noch langsam, dann rannte sie denselben Weg zurück, den sie einige Zeit vorher mit Conny gemeinsam gegangen war. Sie wusste, dass es sie wieder erschöpfen würde. Aber sie wollte keine Zeit verlieren.

Pia blickte nicht mehr zurück. So sah sie auch nicht wie die OP-Tür aufging, wie Conny und Dr. Weis herauskamen und sich vor Annika stellten. Dr. Weis sprach, Conny nahm Annika tröstend in den Arm, und diese ließ nun die Tränen, die sie zuvor zurückgehalten hatte, über die Wangen laufen.

18

Panzer saß neben Pia in ihrem Bett und rieb mit seiner Nase über das Laken. Wahrscheinlich erinnerte er sich an das Popcorn, das er gegessen hatte und suchte nach weiteren Leckerbissen. Pia streichelte ihm immer wieder über seinen Kopf.

«Was würdest du an meiner Stelle machen?»

Als sie in ihrem Zimmer angekommen war und den grünen Luftballon unter der Decke baumeln sah, hatte sie Zweifel bekommen. Panzer war genau der richtige Gesprächspartner, um nochmals alles zu besprechen.

«Natürlich will ich wieder gesund werden. Aber ich will auch, dass Mali nichts passiert. Sie ist wegen mir gekommen. Ohne mich wäre sie bei euch zu Hause geblieben. Sie hätte mit dir und den anderen Tieren gespielt, und der ganze Unfall wäre niemals passiert. Auch wenn Annika das anders sieht.»

Panzer hatte tatsächlich noch einen Krümel gefunden und zerrieb ihn zwischen seinen Kiefern. Danach zog er sich in sein Haus zurück.

«Du kannst dich einfach vor der Welt verstecken. Ungestört in deinem Panzer schlafen, träumen oder unangenehmen Gesprächen ausweichen. Das Leben ist aber nicht nur einfach. Manchmal ist es schwierig. Manchmal muss man Entscheidungen treffen, die einem nicht gefallen. Und dann ist es hilfreich, wenn man vorher darüber reden kann. Aber was machst du? Du verziehst dich. Ein schöner Freund bist du.»

Entschlossen stand sie auf und ging zu dem grünen Ballon. Sie brauchte einige Zeit, bis sie den Knoten gelöst hatte. Mit der Karte in der Hand ging sie wieder zu Panzer, griff zuvor aber noch einen Bleistift, der zwischen Zeichenblock, Radiergummi und anderen Buntstiften auf dem Tisch lag.

Panzer hüpfte einmal auf, als Pia mit Anlauf wieder in Ihr Bett sprang und dadurch die Matratze zum Schwingen brachte.

«Die Wunschballons funktionieren. Sie haben mir erst Frodo gebracht», Pia wusste, dass Rudi der richtige Name des Raben war, aber Frodo passte einfach besser zu ihm, «dann Mali und dich. Ich glaube ganz fest daran. Und du musst auch daran glauben, dann wird es Mali bald besser gehen.»

Pia las Panzer nochmals ihren ursprünglichen Wunsch laut vor. Dann strich sie diesen zweimal durch und schrieb darunter:

Ich wünsche mir, dass Mali wieder gesund wird!

Als sie das letzte Wort geschrieben und ein Ausrufezeichen gesetzt hatte, lief sie zum Ballon und band die Karte erneut an die Schnur. Sie zog den Knoten so fest zu, wie sie nur konnte. Die Karte durfte sich auf gar keinen Fall von alleine lösen und verloren gehen.

Ein kalter, unangenehmer Wind wehte ihr entgegen, als sie das Fenster öffnete.

Pia lockerte ihre Finger, und die Schnur entglitt ihren Fingern.

19

Der Tag war anstrengend gewesen. Seit langer Zeit hatte sie nicht mehr so ausdauernd gespielt wie mit Mali. Entsprechend erschöpft fühlte sich Pia nun.

Sie legte sich in ihr Bett. Dort wollte sie neben Panzer warten, bis Conny ihr die gute Nachricht von Malis Genesung bringen würde.

Die Schildkröte lag unverändert neben ihr. Immer wieder wollte sie ihren Kopf ausfahren, erschreckte sich dann aber an einem der für sie ungewohnten Geräusch und traute sich nicht weiter heraus, sondern zog sich wieder zurück.

Pia hingegen kannte sie alle. Sie hatte sie schon oft gehört, wenn sie nicht schlafen konnte oder wollte. Manchmal machte sie sich ein Spiel daraus, in ihrem Bett liegend die Geräusche, die vom Flur her in ihr Zimmer drangen, zu erkennen und sich dabei vorzustellen, was dort gerade geschah.

Am häufigsten hörte sie das Quietschen von Gummisohlen. Manchmal hörte sie auch das Klacken hoher Absätze. Zunächst erklang das Geräusch häufiger. Dann, je später es wurde immer seltener, weil die Besuchsmütter nach Hause gingen und ihre Kinder bis zum nächsten Tag alleine im Krankenhaus waren.

Dann herrschte Ruhe auf dem Flur und auch in Pias Zimmer. Pia kniff ihre Augen zusammen und atmete gleichmäßig und ruhig.

20

Ruckartig stemmte Pia sich mit ihren Armen im Bett auf und blickte zum Fenster. Sie hatte den lichtundurchlässigen Vorhang nicht zugezogen.

Ihr Puls und ihr Atem rasten. Ihre Haare waren feucht und verklebt. Nach einem Moment der Leere und des Nachdenkens fiel es ihr wieder ein: Mali!

Pia stand auf. Ohne das Licht anzumachen, ihre Augen hatten sich in der Zwischenzeit bereits an das kühle Mondlicht gewöhnt, ging sie durchs Zimmer. Das Licht der Deckenlampen im Flur blendete sie, als sie die Tür öffnete.

Pia wusste nicht, wie lange sie geschlafen hatte und wie viel Uhr es war. Aber es mussten einige Stunden vergangen sein, seit sie den letzten Wunschballon losgeschickt hatte, um Mali zu retten.

Auf dem Flur waren keine Krankenschwestern, Besucher oder Kinder. Vor dem Schwesternstützpunkt standen lediglich Dr. Weis und Malis Mutter.

Der Arzt redete auf Annika ein. Er vergrub dabei seine Hände nicht in den Hosentaschen, so wie er es gerne machte, wenn er mit ihr oder einem anderen Kind sprach und etwas verheimlichte. Er hielt eine Röntgenaufnahme gegen das Licht und deutete mit seiner rechten Hand immer wieder darauf, um Annika zu erklären, was sie dort sah. Als er nichts mehr zu erklären hatte, steckte er die Aufnahme in einen braunen Umschlag, den er bis dahin zwischen Oberarm und Brustkorb eingeklemmt hatte. Zum Abschied reichte er Malis Mutter die Hand und nickte ihr nochmals mutmachend zu.

Annika blieb noch kurz stehen. Ihr Lächeln versteckte sie hinter zu Fäusten geballten Fingern. Dann ging sie in das Pferdezimmer, das seinen Namen von dem Bild eines galoppierenden schwarzen Hengstes hatte.

Nachdem Annika die Tür hinter sich geschlossen hatte, ging Pia auf die Tür zu. Sie hob die Hand, um anzuklopfen, hielt dann aber inne und legte die Finger nur sanft auf.

Sie wusste, wer hinter der Tür war. Annika saß auf einem Stuhl direkt neben Malis Bett. Vielleicht war Mali bereits wach, aber wahrscheinlich schlief sie noch.

Mali tat ihr leid. Deshalb hatte sie auch ihren letzten Wunsch für Mali verbraucht. Aber nun empfand sie etwas anderes als Freundschaft.

Mali würde gesund werden. Vielleicht brauchte es einige Zeit, aber sie würde das Krankenhaus gesund verlassen.

Sie selber würde vielleicht nicht mehr gesund werden. Und die einzige Chance, die sie hatte, sich selbst zu helfen, hatte sie für Mali aufgebraucht.

Was wäre, wenn ihre neue Freundin ihr nicht dankbar war für ihre Hilfsbereitschaft? Wenn Mali sie so wie ihre vielen anderen Freundinnen vergessen würde, sobald sie wieder nach Hause gehen konnte? Dann wäre sie, Pia, wieder so alleine wie vorher. Und noch immer krank.

Pia schämte sich für ihre Gefühle. Mali hatte sie nicht darum gebeten, ihren letzten Wunsch zu ändern.

Sie hatte es freiwillig getan. Und nun gönnte sie es Mali nicht mehr.

Sie drehte sich um und wollte nur noch in ihr eigenes Zimmer zurück. Nachdem sie Panzer im Schrank versteckt hatte, legte sie sich ins Bett und zog die Bettdecke über ihren Kopf. Dort weinte sie leise, bis sie erneut einschlief.

21

«Aufstehen! Es ist ein wunderschöner Tag!»

Pia war bereits durch das Geräusch der sich öffnenden Tür aufgewacht, hatte sich aber noch schlafend gestellt in der Hoffnung, Conny würde wieder gehen. Was diese aber nur in den seltensten Fällen wirklich tat.

Die Krankenschwester öffnete den Vorhang. Sonnenlicht flutete durch das Fenster und beleuchtete Staubpartikel, die schwerelos im Raum schwebten und bei normalem Tageslicht nicht zu sehen waren.

«Wenn du möchtest, kannst du nach dem Frühstück wieder in den Garten gehen.»

Pia setzte sich nicht auf, sondern öffnete nur die Augen. «Heute gehe ich nicht raus. Ich bleibe lieber hier.»

Conny blickte Pia überrascht an. Wie wenn sie etwas vermissen würde und nicht wüsste, wo es ist, dachte Pia und wusste im gleichen Moment, was Conny vermisste. Es war Pias hoffnungsvolle Lebensfreude, die sie in den vergangenen Tagen versprühte und die nun, zusammen mit dem letzten Wunschballon, verschwunden war.

«Aber du frühstückst doch etwas?», fragte Conny besorgt.

Auf dem Tablett lagen nicht das gewöhnliche Brötchen und in einem Plastikbecher verpackte Marmelade und Nutella. Es gab auch kein Ei. Diesmal stand auf dem Tablett eine Schüssel mit Cornflakes und einem Obstsalat. Eine Glaskanne war zur Hälfte mit Milch gefüllt, ohne die die Cornflakes natürlich nicht schmeckten. Dazu gab es noch ein Glas Orangensaft.

«Vielleicht später. Jetzt habe ich keinen Hunger.»

«Pia», versuchte Conny auf sie einzuwirken, «ich weiß, dass du dir Sorgen um Mali machst. Aber das musst du nicht. Sie wurde gestern operiert, und es geht ihr heute schon viel besser. Sie wird in ein paar Wochen wieder ganz gesund sein.»

Natürlich war Pia nicht überrascht. Sie war schließlich nicht unbeteiligt gewesen an der Genesung ihrer neuen und nun bereits ehemaligen Freundin. Aber Mali interessierte sie nicht mehr.

Pia antwortete Conny nicht, sondern drehte sich um und wandte ihr den Rücken zu.

«Willst du mir nicht sagen, was los ist?»

Pia antwortete wieder nicht. Stattdessen zog sie zur Demonstration ihres Desinteresses die Decke über ihren Kopf.

«Dein Frühstück lasse ich noch stehen. Vielleicht bekommst du später noch Hunger», sagte Conny.

Nachdem Conny gegangen war, beschäftigte ein Satz, den Conny gesagt hatte, Pia noch lange Zeit: «Sie wird in ein paar Wochen wieder ganz gesund sein.»

Ein Kratzen im Schrank erinnerte sie, dass sie nicht alleine war.

Als sie die Schranktür öffnete, um die Schildkröte herauszuholen, zuckte Panzers Kopf zurück. Er entspannte sich aber gleich wieder, nachdem er Pia erkannt hatte.

«Wie alt du wohl bist?», fragte Pia laut, während sie Panzers faltiges Gesicht betrachtete.

Menschen bekamen Falten, wenn sie altern. Wenn das bei Schildkröten auch so war, musste Panzer sehr alt sein. Vielleicht fünfzig Jahre oder sogar noch älter.

Als sie mit ihrem Papa einmal im Zoo war, hatte sie eine Schildkröte gesehen, auf der sie hätte reiten können, wenn ein hoher Zaun sie nicht voneinander getrennt hätte. Auf einem Schild stand das Alter des Tieres: 112 Jahre.

Menschen wurden nicht so alt. Zumindest kannte Pia niemanden, der nur annähernd so alt war. Selbst ihre Großmutter mit ihren fünfundsiebzig Jahren war um einiges jünger.

«Warum werden Schildkröten so alt?», hörte sich Pia in ihren Erinnerungen fragen.

Ihr Papa hatte nur mit den Schultern gezuckt. «Ich weiß es nicht. Vielleicht werden sie nicht so oft krank wie wir.»

Damals klang seine Antwort für Pia sehr unwahrscheinlich. Warum sollte eine Schildkröte nicht auch einmal einen Schnupfen bekommen? Oder Masern? Sie stellte sich Panzer mit roten Punkten in seinem Gesicht vor.

Es gab neben dem Alter und ihrem Panzer noch etwas, das diese Tiere alle gemeinsam hatten: ihre Langsamkeit. Sogar das Kauen eines Salatblattes oder von Popcorn, das Panzer ja bevorzugte, verlief in Zeitlupe.

«Vielleicht bewegen sich Schildkröten nicht nur langsamer, sondern alles ist langsamer. Ihr Herz schlägt nicht so häufig und sie atmen weniger», schlussfolgerte Pia. «Dann sind sie in hundert Jahren nur um fünfzig Jahre gealtert. Und Menschen in den Fünfzigern kannte sie einige: ihre Eltern, ihr Lehrer, das Ehepaar von gegenüber, das im vergangenen Jahr mit einem großen Fest seine Silberne Hochzeit gefeiert hatte.

Pia hatte Panzer auf ihre Beine gesetzt. Neugierig streckte er seinen Kopf heraus und versuchte, von Pia wegzulaufen.

Als er es auf seine unbeholfene und langsame Art gerade geschafft hatte, die Stufe von Pias Beinen zu dem weißen Bettlaken zu bewältigen, griff Pia zu und holte Panzer auf seinen Ausgangspunkt zurück.

Sofort setzte er sich wieder in Bewegung, auf dem gleichen Weg, den er bereits vorher eingeschlagen hatte.

Diesmal holte Pia Panzer bereits zurück, bevor er seine Vorderbeine auf das Bett setzen konnte.

Das Tier zog, erschrocken von der plötzlichen und hektischen Bewegung, seinen Kopf ein. Nach einer kurzen Pause schob er seinen Körper wieder nach vorne. Mit jedem Zentimeter den er zurück legte, wurde Pia wütender.

«Dann geh doch und lass mich alleine, so wie mich alle alleine gelassen haben.»

Pia nahm Panzer und sprang aus dem Bett. Sie lief zur Tür, riss diese auf, rannte auf den Flur hinaus und auf die Tür zu, hinter der am Vorabend Malis Mutter verschwunden war.

Sie bemerkte weder die Blicke von Conny, noch die von Dr. Weis und der anderen Kinder. Sie hörte auch nicht, wie Nils fragte, ob das eine echte Schildkröte sei.

Ohne anzuhalten stieß Pia die Tür auf. Mali saß in ihrem Bett. Das Kopfteil war hochgestellt. Ihr linkes Bein schaute unter der Decke hervor. Es war komplett von einem rosafarbenen Gips ummantelt. Lediglich die nackten Zehen schauten hervor.

Annika stand vornüber gebeugt und mit beiden Armen auf der Matratze abgestützt neben dem Bett.

Malis Gesichtsausdruck veränderte sich schlagartig von erstaunt zu erfreut. «Pia!»

Annikas Blick veränderte sich nicht, als sie rief: «Panzer!»

Pia zögerte kurz, dann warf sie Panzer auf das Bett zu Mali. Die Decke bremste seinen Aufprall. Dennoch blieb er in seinem Haus.

«Ich brauche euch beide nicht!» Dann, ohne auf Malis Reaktion zu warten, drehte sie sich um und rannte aus dem Zimmer. Tränen liefen über ihre Wangen, die sie mit ihrem Handrücken wegzuwischen versuchte. Aber es waren zu viele, die heraus mussten und ihr die Sicht erschwerten.

Plötzlich prallte sie gegen etwas. Ihre Finger krallten sich in weichen Stoff. Zwei Hände packten sie sanft und behütend an ihren Schultern und gaben ihr genügend Halt, um nicht zu stürzen.

«Was ist los Pia? Warum hast du es so eilig?»

Sie erkannte Pepes Stimme. Pia drückte sich gegen ihn. Dann flossen ihr Tränen aus den Augen.

22

Pia und Pepe saßen nebeneinander auf dem Karussell, das im Erdgeschoss des Krankenhauses stand. Es sollte die Wartezeit der Kinder und deren Eltern in der Ambulanz verkürzen oder zumindest angenehmer gestalten. Die Figuren auf dem Karussell wirkten alt. Der Lack blätterte an einigen Stellen ab und entblößte das darunter liegende Holz. Pia vermutete, dass sie tatsächlich nicht antik waren, sondern nur so aussehen sollten. Wer ließ schon Kinder auf wertvollen Antiquitäten spielen?

Es drehte sich geräuschlos und war damit das einzige Pia bekannte Karussell, das keine nervende und laute Musik machte.

Sie waren nur zu zweit auf dem Karussell. Pia hatte sich einen Tiger herausgesucht, Pepe saß auf einem Elefanten.

Später, wenn die Ambulanz geöffnet hatte, würden sicherlich einige Kinder mit Husten, Fieber, Schürfwunden und eingeklemmten Fingern hinzukommen. Im Moment wartete nur ein Junge darauf, dass sich ein Arzt seinen notdürftig verbundenen Finger genauer ansah.

Mit genau diesem Finger zeigte er jedes Mal, wenn Pepe an ihm vorbeikam, auf den Clown. Und jedes Mal beantwortete dieser es mit einem breiten Lächeln. Manchmal warf er dem Kind auch eine Grimasse zu und brachte ihn damit zum Lachen.

Pia hatte sich wieder beruhigt. Sogar sie lächelte, wenn Pepe auf dem Elefant galoppierte oder ihm aus seiner leeren Hand Bonbons zum Fressen anbot.

«Eigentlich ist Karussellfahren blöd.»

Pepe drehte sich zu ihr hin und tätschelte dabei den Hals ihres Tigers. «Wieso?»

«Man bewegt sich ständig von einem Ort zum anderen und kommt genau dort wieder an, wo man kurz vorher bereits war. Man ist nie am Ziel. Nach einer Weile hört es dann einfach auf. Und wieder kann man nichts dagegen tun.»

«Trotzdem macht es dir Spaß», stellte Pepe fest, während er sich falsch herum auf den Elefant setzte und sich an dessen Schwanz versuchte fest zu halten.

«Ja, genauso wie alle Kinder gerne damit fahren. Vielleicht weil es mit seinem Tiger, der den Affen vor ihm jagt oder dem Schwanenboot und den ständig auf und ab hüpfenden Pferden wie eine eigene kleine Welt ist, in die man eintaucht. Eine Welt, in der man alles andere für eine gewisse Zeit verdrängen und vergessen kann.»

«Warum sollte man alles vergessen wollen? Natürlich gibt es Momente, die man nicht nochmals erleben möchte. Aber die vielen guten Erfahrungen, die man macht? Was ist, wenn du jeden Moment vergisst, der dich zum Lachen brachte? Und auch die Momente, die schmerzen und dich zum Weinen bringen, prägen uns. Wenn du diese vergisst, bist du nicht mehr die Pia, die wir kennen und mögen. Mit der wir Spaß haben und befreundet sein wollen.»

«Mit mir will niemand befreundet sein. Alle laufen weg.»

Pepe antwortete nicht, sondern schaute Pia an. Dann fragte er sie: «Was ist passiert, seit wir uns das letzte Mal gesehen haben und ich dir die Ballons geschenkt habe? Haben sie nicht funktioniert?»

«Sie haben funktioniert. Jeder meiner Wünsche hat sich erfüllt. Aber ich hatte einen zu wenig.»

Pia legte nochmals eine Pause ein. Dann schilderte sie Pepe die vergangenen Tage. Am Ende stand eine Frage: «Kann ich noch einen Wunschballon haben? Ich verspreche dir, dass ich ihn besser nutzen werde.»

Pepe schaute sie zuerst gerührt an. Dann lächelte er.

«Keinen der Ballons hättest du besser verwenden können, als du es getan hast. Du brauchst keinen Wunschballon, um dir deinen letzten Wunsch zu verwirklichen. Als ich dir die Ballons gegeben habe, warst du alleine und traurig. Du hast nicht mehr an dich geglaubt. Aber dann warst du wieder glücklich und hattest Freude am Leben. Die Ballons, Frodo, Mali, Panzer, sie alle hatten eines gemeinsam: Sie haben dich zum Lachen gebracht. Das ist genauso wichtig wie Medikamente, die die Ärzte verteilen, um damit Organe zu heilen und Blutwerte zu verbessern. Du warst für einige Stunden das, was du immer sein solltest: ein glückliches Kind. Mach dir das nicht wieder selbst kaputt. Außerdem», Pepe kniff ein Auge zu, «kann ich nicht wirklich zaubern, und die Ballons waren auch nur gewöhnliche ohne besondere Kräfte.»

Pia dachte darüber nach, was Pepe ihr gesagt hatte. «Ich glaube, ich habe Mali Unrecht getan.»

«Das hast du.»

«Vielleicht gehe ich jetzt zu ihr?»

«Ja, das solltest du.»

Pia wartete, bis das Karussell stehen blieb. Dann sprang sie von dem Tiger herunter. «Kommst du mit?»

«Du schaffst das auch ohne meine Hilfe.»

23

Pepe blickte Pia nach, während sie sich umdrehte und sich von ihm entfernte. Der Clown wartete, bis er sicher sein konnte, Pia nicht mehr auf dem Flur zu begegnen. Dann ging er selbst zu Station 33. Bevor er die Glastür öffnete, vergewisserte er sich, dass kein Kind in der Spielecke beschäftigt war. Aber um diese Zeit warteten die meisten in ihren Zimmern bereits wieder auf das Mittagessen.

Pepe schlich an den einzelnen Türen vorbei. Aus seiner Hosentasche zog er seinen Schlüsselbund und wählte, während er lief, einen kleinen Schlüssel aus, den er mit einem roten Punkt markiert hatte. Es war ihm nie leicht gefallen, Schlüssel auseinander zu halten, bis er auf die Idee mit den Farbmarkierungen gekommen war. Schließlich blieb Pepe stehen, schloss die Tür vor sich auf und ging hinein.

Auf dem Schreibtisch türmten sich braune Schnellhefter. Bei der nächsten Gelegenheit musste er wieder aufräumen und die nicht benötigten Akten ins Krankenhausarchiv bringen.

Pepe setzte sich und öffnete die oberste Schublade des Rollcontainers, der unter dem Schreibtisch stand. Nacheinander legte er Wattepads, Reinigungsmilch und einen Spiegel vor sich. Zuerst nahm der die Perücke herunter, dann begann er die weiße Schminke aus seinem Gesicht zu reiben.

Auf das Klopfen an der Tür reagierte er mit einem knappen «Ja!».

Conny steckte ihren Kopf herein. «Störe ich?» Ohne auf eine Antwort zu warten, ging sie auf Dr. Weis zu. In ihren Händen hielt sie einen blauen Kunststoffordner, wie sie für die Patienten benutzt wurden, die gerade stationär behandelt wurden. Nach ihrer Entlassung wanderten alle Papiere aus dem blauen Ordner in eine der braunen Mappen, da diese weniger Platz in den meterlangen Regalen des Archivs benötigten.

Conny lehnte sich gegen den Tisch und suchte in Dr. Weis' Gesicht nach weißen Schminkresten. Als sie die erwarteten Spuren gefunden hatte, griff sie eines der Wattepads, gab etwas Reinigungsmilch darauf und rieb damit vorsichtig über Dr. Weis' Stirn nahe seines Haaransatzes.

«Du musst dich sorgfältiger abschminken, sonst erkennt dich noch eines der Kinder an den Resten in deinem Gesicht. Mit der ärztlichen Autorität wäre es dann vorbei. Keines der Kinder würde dich noch ernst nehmen, wenn sie wüssten, dass du Pepe bist.»

«Clownerie ist eine ernste Sache!» Dr. Weis blickte entrüstet. Es war eines seiner Gesichter, die er besonders gut beherrschte, wenn er in seiner Rolle war. Als Clown musste er Emotionen spielen können.

Am einfachsten war es, Freude darzustellen. Er musste dabei einfach nur mit großen Augen und offenem Mund lachen. Traurigkeit vorzuspielen fiel ihm viel schwerer. Aber gerade darüber lachten Kinder besonders viel, wenn er es als Spiegel für sie benutzte.

Er konnte auf Befehl verärgert oder ängstlich, wütend oder gelassen sein. Aber die Entrüstung die er auf Connys Überlegungen hin zeigte, war nicht gespielt.

«Niemand zieht sich einfach ein buntes Kostüm an und ist dann ein Krankenhausclown. Manche von uns haben Schauspiel studiert, andere kommen aus dem Zirkus oder haben nebenberuflich eine Ausbildung zum Clown gemacht. Das Wichtigste dabei ist nicht das Zaubern, Jonglieren oder Musizieren. Wir müssen in die einzelnen Menschen hineinblicken und dabei erkennen, wie wir sie zum Lachen bringen können. Wir fürchten uns alle vor den gleichen Dingen. Aber unser Humor ist unterschiedlich. Du amüsierst dich vielleicht über Witze, die ich nicht lustig finde, und gemeinsam lachen wir über Ereignisse, über die andere nur sprachlos den Kopf schütteln.»

Conny hatte mittlerweile auch die letzten Schminkflecken aus Dr. Weis' Gesicht entfernt und hielt ihm zur Begutachtung den Spiegel hin. Er ignorierte ihn und schaute Conny an, während er weiter sprach.

«Wir sind nicht nur für die Kinder da. Wir besuchen auch erwachsene Patienten. Und vergiss bitte nicht alle anderen, die im Krankenhaus arbeiten und sich freuen, wenn wir kommen: die Krankenschwestern, die Krankenpfleger und auch die Ärzte. Ein guter Clown kann jeden zum Lachen bringen. Aber er muss erkennen, wie er das erreichen kann. Das ist eine Kunst, die nur wenige beherrschen und es dauert lange, sie zu erlernen.»

«Wie bist du dazu gekommen? Warum stehst du in deiner Freizeit nicht auf dem Golfplatz und kümmerst dich um deine sozialen Kontakte?»

«Vorurteile gegenüber Ärzten hast du ja zum Glück keine», stellte Dr. Weis ironisch fest. «Nicht alle Ärzte spielen Golf.»

Dann musste er über Connys Frage nachdenken. Obwohl sie so naheliegend war, hatte sie ihm noch niemand gestellt. «Ich wollte Schauspieler werden. Man hatte mich sogar auf einer Schauspielschule aufgenommen. Ich habe aber relativ schnell gemerkt, dass mein Talent für die Theaterbühne nicht ausreicht. Ich habe es abgebrochen und Medizin studiert, um in die Fußstapfen meines Vaters zu treten. Ich habe Patienten untersucht und therapiert. Und trotzdem hat mir lange Zeit die Bestätigung gefehlt, die man in einem Beruf, den man aus einer gefühlten Berufung heraus ausübt, erfahren sollte. Ein Laborbericht oder ein Röntgenbild können das einfach nicht. Aber dann habe ich einen Clown gesehen und die großen Augen des Kindes, das in einem Rollstuhl mit Infusionsschläuchen im Arm vor ihm saß. In dem Moment wusste ich, dass ich das auch machen möchte.»

«Auch wenn dir Laborberichte keine Genugtuung geben, habe ich dir einen mitgebracht.» Conny zeigte auf die blaue Akte, die sie vor ihn gelegt hatte. Auf dem weißen Aufkleber standen neben einem Strichcode Pias Name und Geburtsdatum.

Dr. Weis blätterte in der Akte, bis er den aktuellsten Laborbericht gefunden hatte.

«Es ist das dritte Mal hintereinander. Pias Blut ist wieder vollkommen normal. Sie ist gesund.»

Epilog

Rudi schlug wild mit seinen Flügeln. Nachdem er auf gleicher Höhe mit dem grünen Ballon war, breitete er seine Flügel aus und umsegelte ihn in immer kleiner werdenden Kreisen. Dann packte er mit seinem Schnabel die Schnur des Ballons und suchte den Boden nach den beiden Mädchen ab, die mit ihm spielten, aber nicht mehr dort standen, von wo aus sie den Ballon gestartet hatten.

Endlich sah er Pia und Mali. Sie waren von der freien Wiese heruntergegangen zu der Pferdekoppel, auf der seit neuestem neben Malis Pferd noch ein weiteres graste.

Der Rabe wartete, bis die Mädchen sich auf das oberste Brett des Zauns gesetzt hatten, der die Koppel umgab. Dann setzte er sich neben sie und hörte ihnen zu, den Ballon noch immer im Schnabel.

«Wie gefällt es dir in der neuen Klasse?», fragte Mali.

«Inzwischen gut.» Pia kramte in ihrer Jackentasche nach einem Kaugummi. Als sie einen Streifen gefunden hatte, faltete sie das silberne Papier auseinander, teilte den Streifen, gab eine Hälfte Mali, die andere steckte sie sich selbst in den Mund. «Natürlich wäre ich gerne in meiner alten geblieben, aber die Lehrer meinten, es sei besser, weil ich so viel verpasst habe. Die neuen Lehrer sind auch nett, und meine neuen Mitschüler wissen nicht, warum ich zu ihnen gekommen bin. Glücklicherweise kommt deshalb auch kein Mitleid bei ihnen auf. Davon hatte ich in den letzten Monaten genug.»

«Klingt gut.»

«Ist auch gut.»

Schweigend und auf ihren halben Kaugummis kauend beobachteten sie, wie die beiden Pferde nebeneinander stehend die Köpfe senkten, um das saftige Gras vom Boden zu rupfen.

«Die beiden vertragen sich», stellte Mali lächelnd fest. «Ich finde es toll, dass deine Eltern dir Blossie gekauft haben.»

Blossie war ebenso wie Malis Pferd ein Isländer. Beide hatten einen entsprechend stämmigen Körper und ein rötliches Fell. Während die Mähne von Malis Pferd ebenso rot war wie dessen Fell, war Blossies Mähne blond.

«Das haben sie aber nur getan, weil er bei dir wohnen darf. Sonst wäre es viel zu teuer geworden.»

«Vielleicht werden die beiden ja mal Mama und Papa. Dann hätten wir ein gemeinsames Fohlen», sagte Mali. «Hast du schon einmal ein Tier aufwachsen sehen?»

Pia schüttelte den Kopf. Sie stellte sich vor wie ein junges, gerade geborenes Fohlen mit noch feuchtem Fell sich unbeholfen auf seine Beine stellte und wackelig seiner Mutter folgte.

«Conny bekommt ein Baby. Als ich letzte Woche bei meiner Routineuntersuchung war, hatte sie schon einen kleinen, runden Bauch. Dr. Weis hat ihr auch einmal über den Bauch gestreichelt und dabei gelächelt.»

«Musst du noch oft zu diesen Untersuchungen?», fragte Mali.

«Dr. Weis sagt nein. Er will mich nur ab und zu sehen, um auszuschließen, dass ich wieder krank werde. Aber ich fühle mich gut.»

«Gut genug für ein Wettrennen?»

«Bis zu den Pferden?»

Zeitgleich sprangen sie vom Zaun herunter und rannten los. Kurz bevor sie die Pferde erreichten, hoben diese ihre Köpfe, schauten den Mädchen entgegen und trabten in entgegengesetzter Richtung davon. Pia und Mali jagten ihnen hinterher.

Rudi folgte den Mädchen und krächzte freudig. Dabei verlor er den Ballon, der langsam und von allen unbemerkt davonflog.

Danksagung

Ein Buch zu Schreiben ist über weite Wege hinweg ein einsames Projekt. Trotzdem kommt kein Autor ohne die Hilfe anderer aus.

Ich möchte all denen danken, die mir geholfen haben. Allen voran meiner Frau Charlotte, die sich nie beklagt, wenn ich bis in die Nacht hinein schreibe, und Eva, für ihr Engagement.

Über den Autor

Ingolf Hirth, geboren 1975 in Pirmasens, ist gelernter Krankenpfleger und promovierter Neurobiologe und lebt mit seiner Familie bei München. Während seiner Dienstreisen begann er die Abende im Hotel zu nutzen, um erste Kurzgeschichten zu schreiben. Heute liegt sein Schwerpunkt auf Erzählungen und Medizinkrimis. Die Idee zu „Pia und die Wunschballons" entstand während eines Krankenhausaufenthaltes seines damals sechs Wochen alten Sohnes.